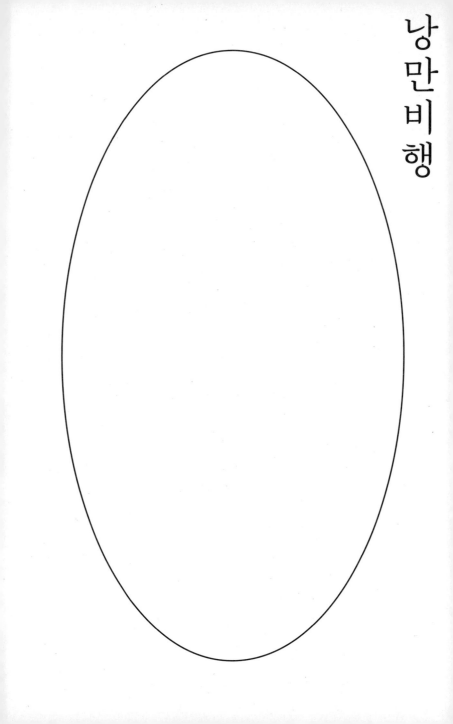

낭만비행

낭만비행

가장 높은 곳에서 가장 낮은 마음으로
행복을 느끼는 순간들

정찬영 지음

책

Prologue

"엄마 저 항공사 최종 합격했어요.

키워 주셔서 감사합니다."

"아들아, 고생했다. 정말 자랑스럽구나."

합격 소식을 알린 날. 비가 오나 눈이 오나 화장실 청소를 하며 언제나 힘이 되어 주신 어머니께, 저는 진정으로 자랑스러운 아들이 되었습니다.

어릴 적 제 일상은 실패와 역경이 함께였습니다. 늘 가난한 데다가 부모님의 불화로 인해 '가족'이란 울타리가 그리웠습니다. 그 당시의 가장 큰 꿈이라고 하면 네 식구가 모여 삼겹살을 구워 먹는 것이었으니까요.

열다섯 살 때 어머니는 장애인이 되셨습니다. 식당일을 하다가 고혈압으로 쓰러지셨고, 머리카락을 다 밀고 뇌수술을 하신 어머니는 식물인간 수준으로 말은 물론 거동도 못하시는 상태였습니다. 다행히 생명에는 지장이 없었지만, 깨어난다면 어느 한 곳은 분명 장애를 지닌 채 살아야 하는 상황이라고 했습니다. 제가 도착하기 전까지만 해도 아무 미동 없이 천장을 응시하며 멍하니 누워 계셨다고 합니다.

그런 어머니가, 병실에 들어선 제 모습을 마주한 순간부터 하염없이 소리 없는 눈물을 흘리셨습니다. 저 또한 병실에 누워 계신 어머니를 보는 순간 주체할 수 없는 눈물이 흘러내렸고, 너무 서러워 그만 옥상으로 뛰어갔습니다. 이렇게 울다가 죽겠다 싶을 만큼 숨 쉴 틈도 없이 눈물이 쏟아졌습니다. 가족의 이별도 모자라 가난까지 받아들여야만 했는데 이제는 어머니의 장애까지…. 진심으로 세상이 미웠고, 해도 해도 너무한다는 생각만 들었습니다.

어머니의 장애는 아직 어린 제게 큰 아픔이자 좌절이었지만 더 열심히 살아야 한다는 가르침을 주셨습니다. 그동안 자신만이 가장 불행하다고 생각해 온 제게 수많은 장애인의 환경을 알게 해 주었고, 그 누구보다 더 열심히 살아가는 분들을 만나게 해 주었습니다. 그저 보고 듣고 걸을 수 있는 것만으로도 충분히 감사해야 하는 이유를 배웠습니다.

대학 진학에 실패하고 스물다섯 살에 편입이란 제도를 안 뒤 도전한 시험들에도 모두 실패했습니다. 갈 곳도 불러 주는 사람도 없었습니다. 수중에 돈 한푼 없는 터라 꿈을 포기한 채 다시 공장으로 돌아가야 하나 싶었습니다. '내 꿈은 여기까지구나'라고 생각했습니다. 하지만 이때 어머니가 새 용기를 주셨습니다. 10만 원을 건네며 괜찮다고, 다시 해 보자고 말씀해 주셨습니다. 마음을 다잡고 공장에서 일하며 열심히 공부한 결과 대학 편입 시험에 합격할 수 있었습니다. 스물여섯 살이 되어 대학에 들어간 이후 그 누구보다 열심히 살았고, 다양한 곳에서 만난 사람들에게 좋은 영향과 도움을 받았습니다. 덕분에 지금 이 자리까지 올 수 있었습니다.

실패의 연속이었으며 포기하고 싶은 순간도 수없이 많았습니다. 하지만 조금 다른 길로 돌아왔을 뿐 마침내 제 꿈과 마주했습니다. 환경과 현실이 어떠한가보다 거기서 무엇을 보고 생각하며 어떻게 나만의 길을 개척해 나가느냐가 더욱 중요한 가치라는 것을 뒤늦게 깨달았습니다.

성공하는 삶보다 가치 있는 삶을 살려고 합니다. 5년 전 첫 해외봉사에서 만난 인도 아이들은 신발도 신지 않았지만 사슴처럼 맑은 눈으로 미소를 건넸습니다. 하와이에서는 집 없이 떠도는 사람들(homeless people)과 함께 했습니다.

이 경험을 한 뒤 페이스북에 작성한 제 꿈 이야기는 조금씩 현실이 되어 갔습니다. 쉽지는 않지만 집념과 끈기를 가지고 포기하지 않는다면 언젠가 꿈이 현실로 바뀐다는 사실을 경험으로 알았습니다.

제 꿈은 비행을 하면서 아픔이 있는 사람들과 함께 하는 것입니다.

말레이시아, 타이, 베트남, 타이완, 중국, 일본 등 다양한 나라를 다니면서 도움이 필요한 어린이들을 만나 희망을 전하는 승무원이 되고 싶습니다. 비행을 하며 만나는 손님들에게는 진심으로 감동을 전하는 승무원이 되려고 합니다. 시간이 지나면 저의 소소한 비행 이야기와 나눔의 이야기를 글로 써서 전하고 싶습니다. 또한 좋은 배우자를 만나 배낭과 지도, 카메라를 챙겨서 아픔이 있는 곳으로 함께 떠나는 상상을 해 보곤 합니다. 사막에서 밤하늘의 별을 보며 우리의 미래를 계획할 수 있다면 참 좋겠습니다. 정말이지 하고 싶은 것도 해야 할 일도 많습니다.

이 책에 적은 글이 누군가에게 희망이 되기를 바랍니다. 작은 희망을 얻어 보잘것없는 저도 해냈으니 당신도 해낼 수 있다는 희망을 드리고 싶습니다. 또한 제가 도울 일이 있다면 그 누구라도 도움을 드리고 싶습니다. 그리고 부탁드릴 점도 있습니다. 사실 저는 그리 좋은 사람이 아닙니다. 허점도 많고 욕심도 많습니다. 가끔은 저 자신을 위해 주변 사람들에게 피해를 끼치기도 합니다. 단지 저는 좋은 사람이 되려고 '노력하는' 사람입니다. 실수와 단점을 줄이려고, 누군가의 좋은 점만 보려고 노력합니다.

이런 과정이 계속된다면 저 또한 많은 이에게 좋은 영향을 주는 사람이 될 거라고 믿기 때문입니다. 혹여나 저에 대해 좋지 않은 기억을 가진 분이 있다면, 그런 당신이 이 글을 읽는다면 아주 조금만 덜 미워해 주셨으면 하는 바람입니다. 앞으로도 계속 봉사하고 나눔으로써 더 이상 실수하고 후회하는 일은 하지 않으려고 노력 중이니까요.

Someday my wish will come true.
많은 용기와 힘을 주신 분들에게 다시 한번 감사드립니다.

승무원 정찬영

제 1 장

가진 건
꿈뿐이었던 청춘

벼랑 끝에 선 어느 날
하늘을 올려다보았습니다
꿈이 보였습니다

대학에 가지 못한 청년이 있다. 그 흔한 토익 시험 한 번 보지 않았고
자격증이라곤 초등학교 때 딴 태권도 단증이 전부. '취업생'은 물론
'자소서'라는 낱말조차 생각해 본 적이 없는 20대 중반의 나이. 승무원
면접이 어떻게 진행되고 무엇을 준비해야 하는지 아무 지식이 없었지만
스물네 살이 되는 해 결심했다. 더 이상 꿈을 늦출 수 없다고, 꿈을 그저
꿈으로만 남기고 싶지는 않다고. 물론 새로운 도전을 시작하는 그가
가진 거라곤 오래전부터 꿈꿔 온, '하늘을 날고 싶다'라는 마음 한 움큼이
전부였다.

   아홉 살, 세상을 알기도 전에 가족과 이별해야 했다. 가족을 떠올리면
항상 슬프면서도 가슴이 벅차오른다. 내게 가족은 그런 존재다.

부모님과 떨어져 이모님 집에서 생활하던 초등학교 시절, 하루는 학교 수업을 마치고 집으로 오는데 파란 하늘 위로 날아가는 비행기가 눈에 들어왔다. 시야에서 사라질 때까지 한없이 바라보며 나도 모르게 혼잣말을 했다.

　　"저 비행기에 탄 사람들은 가족과 함께 화목하고 행복하게 살겠지…."

　　바로 그 순간 비행기와 비행에 깊은 동경을 품기 시작했다. 학창 시절 하루가 멀다 하고 지각하는 데다 공부를 잘하지도 않았지만 타고난 친화력 덕분에 반장과 부반장, 체육반장 등 학급 임원으로 활동했다. 친구들과 사이좋게 지내며 미래를 위해 지금의 행복을 포기할 수 없다고 여기는 나름 '소신 있는' 소년이기도 했다. 선생님들에게는 꽤나 멋을 부리지만 예의바르고 성격 좋아서 미운정이 쌓이는, 왠지 챙겨 주고 싶은 학생이었다. 고3 때 대학 진학 상담을 위해 교무실을 찾았다. 반장인 나를 가까이에서 챙기며 언제나 푸근한 웃음으로 아껴 주시는 담임선생님은 내가 무엇을 좋아하고 어떤 사람인지 누구보다 잘 아는 분이었다.

　　"찬영아, 너는 커서 뭐가 되고 싶니?"

　　"선생님, 저는 아무래도 대학에 가지 못할 것 같아요…. 그래서 아직 잘 모르겠습니다."

　　잠시 정적이 흐른 뒤 선생님이 말씀하셨다.

　　"대학이 인생에서 꼭 필요한 것은 아니다. 하지만 우리 사회에서는 포기할 수 없는 중요한 부분이야. 나중에라도 형편이 나아지면 꼭 대학에 가렴. 그리고 너는 사람을 상대하는 일을 하면 아주 잘할 것 같구나."

　　"저도 그런 일을 하고 싶습니다. 사람을 만나 대화를 나누고, 그들의 마음을 얻는 일을 하고 싶습니다."

　　사실 그때는 말하지 못했다. 오래전부터 마음속 깊숙이 간직해 온

꿈인 '비행기 타는 일'을 하고 싶다는 이야기를 하지 못했다. 왠지 내게는 어울리지 않는 아주 먼 이야기 같아서 차마 말할 엄두가 나지 않았다.

무모한 도전을 시작하다

고등학교 졸업 후 대학 진학 대신 바로 사회에 나와 닥치는 대로 일하며 열심히 살았다. 아니, 열심히 살 수밖에 없었다. 작업량이 줄어서 월급이 적게 나오면 더 많은 급여를 받을 수 있는 일을 찾아다녔다. 그 당시 내게 가장 중요한 것은 '돈'이었고, 어떤 일을 하는가는 큰 관심사가 아니었다.

공사장의 건축 보조직을 시작으로 백화점 의류 매장과 호프집에서의 서빙, 물류 창고 상자 쌓기, 에어컨 공장에서 나사 조이기, 컨테이너 짐 싣기 등 안 해 본 일이라곤 없을 정도로 주어진 일이라면 뭐든 최선을 다했다. 친구들이 대학 생활을 즐기는 동안 내가 마주한 건 거칠고 험한 세상이었다. 일터에서 만난 사람들도 대학 안 가고 여기서 뭐 하느냐며 한마디씩 던졌다. 영하 10도가 넘는 겨울날 야외 물류 창고에서 박스를 높이 쌓는 중에 박스가 떨어져 그 안에 담겨 있던 반찬통들이 여기저기 굴러다녔고, 이를 줍다가 살얼음 낀 길에 미끄러져 넘어진 적도 있었다. 무더운 여름날 에어컨 공장에서 하루 종일 나사 조이는 일을 반복하기도 했다. 집에 돌아오면 옷에 찌든 땀내와 나사에서 밴 쇠 냄새가 섞여 차마 표현할 수 없는 불쾌한 냄새가 몸을 감쌌다.

가끔 친구들을 만나면 반가우면서도 기분이 이상했다. 친구들이 파일이나 리포터 더미를 들고 다니는 모습이 그렇게 부러울 수가 없었다. 과제와 리포터가 많다고 투덜거리며 힘들어했지만 그 모습마저 부러울 뿐이었다. 누구에게도 말할 수 없었지만 사실은 나도… 대학에 가고 싶었다.

2년간의 군복무를 마치고 다시 사회에 나오니 이미 스물네 살이었다. 햇살 가득한 봄날 사람들은 회사로, 대학으로 향했지만 나는 어디에도 갈 곳이 없는 '방랑자' 신세였다. 정답 없는 질문을 나 자신에게 던졌다. '다시 그때로 돌아가야 할까? 내가 원하지 않았던 삶으로, 꿈 없이 살았던 그때로?'

마치 아슬아슬한 벼랑 끝에 선 삶 같았다. 갈 곳 없는 사람. 어느 한 곳 오라는 데 없고 누구 하나 붙잡아 주는 이 없는 상황, 벼랑으로 떨어지기 직전의 삶이었다. 뒤로 한 발만 내디디면 시간을 거슬러 2년 전의 그때로 돌아갈 것 같았다. 꿈도 희망도 없고 하루하루 숨 막히게 생각 없이 살았던 날들로. 하늘을 나는 비행기를 한참이나 물끄러미 바라보며 미소 짓던 그때로.

그런데 2년 전의 일상을 반복하기에는, 내 가슴이 너무 뜨거웠다. 비행기를 바라보는 내 심장이 어느 때보다 콩닥콩닥 울렸고, 그 떨림은 온몸을 휘감을 정도로 강렬하게 느껴졌다. 나도 대학에 가고 싶었으며 오래전부터 간직해 온 승무원의 꿈이 머릿속을 떠나지 않았다. 다시는 과거의 내 자리로 돌아가고 싶지 않았지만 현실이 막막했다.

그때 딱 한 발을 더 내디뎠다. 더 늦기 전에, 후회 없도록 도전해 보자는 다짐을 했다. 이제부터 죽이 되든 밥이 되든 끝까지 한번 해 보자며, '결국은 누가 이기나 보자' 하고 이를 악물었다. 아이러니한 한편으로 참 다행인 것은. 잃을 게 별로 없으므로 더 이상 무서울 일도 없다는 사실이었다.

가슴이 다시 뛰기 시작했다. 아주 빠르고 강렬하게.

그렇게 무모한 도전이 시작되었다.

스물다섯
하늘을 날겠다는 꿈에
첫발을 디뎠습니다

대학 진학. 제대 후 가장 먼저 해야 할 일이 생겼다. 스물네 살에 수능 공부를 다시 시작해 신입생으로 입학하는 방법을 생각했지만 시간이 너무 걸렸다. 좋은 방법이 없을까 고민하는 중에 편입 제도가 있다는 얘기를 듣고 하루라도 빨리 공부를 시작하기 위해 본격적인 편입 시험 준비에 들어갔다. 시험에서 가장 중요한 것은 영어였으며, 기초가 없는 상황에서 어려운 편입 시험에 성공하려면 반드시 학원을 다녀야 했다. 학원비 마련을 위해 낮에는 건설 공장에서 아르바이트를 하고 저녁에는 편입 영어를 위한 기초를 독학으로 공부했다. 편입 자격 요건에 필요한 자격증과 학점을 따기 위해 인터넷 강의도 병행했다. 연애는 사치이며 휴대전화는 짐이었다. 친구들과 만나는 시간조차 없었다.

이렇게 5개월을 보낸 뒤 8월부터는 본격적으로 영어 공부에만 집중했다. 새벽 6시 학원에 가서 밤 10시까지 쉬지 않고 공부에 매달렸다. 조금도 시간 낭비를 하지 않으려고 점심시간이면 집에서 싸 온 도시락을 먹고 저녁은 학원 근처의 도시락집에서 사 먹으며 공부에만 전념했다.

여름엔 남들처럼 '휴가'라는 낭만을 즐기고 싶었고 날씨가 좋은 봄, 가을엔 근교 나들이라도 가고 싶은 마음이 굴뚝같았지만 그럴 여유가 없었다. 설날과 추석 같은 큰 명절에도 집 근처 독서실에서 보냈다. 머릿속이 오로지 '영어 공부'와 '대학'으로 가득했다. 갈 길이 바빴다. 주변에서는 진심으로 격려해 주었지만 염려의 목소리도 잊지 않았다.

어머니가 화장실 청소를 하시며 힘들게 지내는 집안 상황을 아는 이모들은 공부는 무슨 공부냐, 얼른 일자리 찾아서 경제적으로 보탬이 되는 게 좋지 않겠냐고 걱정하셨다. 취직해서 돈 벌 나이에 헛바람이 불어 엄마한테 용돈까지 받아 가며 대학을 가겠다는 조카의 욕심이 염려되었을 것이다. 물론 그 마음은 충분히 이해할 수 있었다. 그러나 비행의 꿈을 이루겠다는 의지에 푹 빠진 나로서는 이런 이야기가 전혀 들리지 않았다.

포기하기 딱 좋은 날

시간이 흘러 겨울을 맞았다. 2011년 겨울 20개 학교에 원서를 쓰고 편입 시험을 보았다. 항공 분야와 관광 산업 공부를 하고 싶어 통학이 편한 서울 근교 학교부터 두 시간 넘는 지역까지, '관광'이 들어간 학과는 빠짐없이 지원했다. 느낌도 썩 나쁘지는 않았다. 내가 정말 원하는 대학은 못 가더라도 최소한 어느 한 곳은 합격 소식을 받을 것만 같았다. 1년 동안 많은 유혹을 참고 여기까지 와 준 나 자신이 대견했고, 열심히 공부한 만큼 이제 결실을 맺는 순간이 얼마 남지 않았다는 기대감도 있었다. 노트북을 들고 대학교 캠퍼스를 거닐 수 있다는 생각과 함께, 친구들과 늦게까지 토론하고 과제를 진행하면서 자장면을 배달해 먹는 모습까지 상상해 보자니 자연스럽게 더 큰 설렘과 기대감이 부풀어 올랐다. 1월 초부터 지원한 대학마다 하나 둘 합격자 발표가 시작되었다. 별 기대가 없었던 상위권 학교부터 하나씩 결과가 나왔다.

"지원해 주셔서 감사합니다. 죄송하게도…."

경쟁률이 높은 대학의 불합격 통지는 그나마 '괜찮다'고 넘길 수 있었다. 그런데 기대한 학교에서도 불합격 소식이 이어졌다. 심지어는 원서를 쓸까 말까 고민한 학교들까지도.

"지원해 주셔서 감사합니다. 죄송하게도…."

예비 순위에 희망을 걸어 보았지만 결과는 모두 탈락이었다. 가슴이 아리고 심장이 아파 왔다.

1년, 아니 25년의 삶이 한순간에 벼랑 아래로 떨어진 기분이었다. 꿈을 포기하고 다시 공장으로 공사장으로 물류 창고로 돌아가야 하는 걸까. 어머니한테는 뭐라고 말씀드려야 할지. 그 흔한 '죄송합니다'조차 나올 수 없는 상황이었다.

내 마음을 담을 그 어떤 낱말도 찾지 못한 채 일주일이 흘렀다. 아들의 합격 소식이 궁금한 어머니가 물을 때마다 그저 "아직 발표가 끝나지 않았어요."라고 둘러댈 뿐이었다.

보름 후 마침내 모든 걸 내려놓고 말해야 하는 시간이 왔다. 편입 공부를 시작할 때부터 괜한 욕심 부리지 말고 일해서 돈 벌라고 다그친 이모들에게, 우리 집안의 유일한 희망이라고 응원해 주신 어머니에게, 그리고 너라도 대학 가야지 하며 용돈까지 챙겨 준 형에게.

민망함은 그뿐만이 아니었다. 공부한다는 이유로 연락을 끊기 위해 휴대전화까지 없애며 야심찬 미래를 보여 주겠다 선언한 친구들에게는 이 상황을 어떻게 설명해야 좋을지 난감했다. 정말이지 숨을 곳이 있다면 꽁꽁 숨어 버리고 싶은 심정이었다. 무엇보다도 가장 실망한 건 단연 나 자신이었다. 난 할 수 있다는 자신감이 가득했던 나 자신이, 누가 뭐라 해도 내가 하고 싶은 일을 하며 살겠다 말한 나 자신이. 오로지 하늘을 날겠다는 꿈을 향해 자신만 믿고 달려온 내가 서서히 무너지고 있었다. 도전 의지로 가득했던 자존감은 서서히 내려갔고 생애 처음으로 세운 비장함과 결연함 또한 떠나간 지 오래였다.

나의 대학 도전은 남들 다 가는 대학에 가고 싶어 어릴 적에도 부리지 않은 투정 한번 부려 본 해프닝이라고, 이상적인 삶의 대한 동경으로 낭만을 쫓는 철없는 청년이 꿈을 향해 달려 보고 싶었던 거라고 말하며, 다시 내 자리로 돌아가겠다고 하면 될 터였다. 알고 보니 그곳이 나에게 어울리는 자리였다고 하면서, 열심히 돈 벌어 어머니한테 용돈도 드리고 내 환경과 삶을 거부하지 않으며 열심히 살겠다고 말하면 될 일이었다.

"그럼 그렇지, 네가 무슨 대학을 가고 승무원을 할 수 있겠냐?"라고 말하는 사람도 있겠지만, 많이 아쉽고 창피하지만, 그럭저럭 괜찮은 시나리오였다.

거짓말처럼 하늘에선 비가 내렸고 포기하기에 딱 좋은 날이었다. 하지만 나는 직감했다. 여기서 끝내면 정말 끝난다는 것을. 비록 현실은 막막했지만 이대로 포기하거나 끝내고 싶지는 않았다. 누군가에게 달려가서 제발 도와달라 말하고 싶었다. 절실한 간절함으로 달려온 한 사람에서 다시 아무것도 아닌 존재로 남고 싶지는 않다며 매달리고만 싶었다.

지독하게 하늘을 날고 싶었다. 사람들에게 보여 주고 싶었다. 대학에 가고 싶었고 남들처럼 캠퍼스를 거닐고 싶었다. 그저 평범하고 싶었다. 남들 다 가는 대학, 나도 한번 다니며 부러워만 하던 과거의 나에게 보상하듯 열심히 공부하는 평범한 사람이 되고 싶었다. 열심히 공부하고 승무원이 되어 꿈에 그리던 나의 삶을 펼치고 싶었다.

엄마한테는 비행기를 타는 자랑스러운 승무원 아들이 되고 싶었고 이모들에게는 "이모들, 이것 좀 보세요. 내가 해냈어요." 말하고 싶었다. 나를 응원해 준 친구들을 모두 불러 자랑스레 밥을 사고 용돈을 챙겨 준 형에게 그동안 고마웠다고, 덕분에 여기까지 잘 왔다고 마음 넓은 척 허세 섞인 인사 한번 해 보고 싶었다.

하지만 현실은 냉혹했다.

노력을 안 한 건 아니지만 결과적으로는 더 열심히 공부하지 않은 사람이 되었다. 돈 한 푼 없었고 도움을 청할 사람도 없었다. 내가 갈 곳도 나를 받아 줄 곳도 없었다. 작은 힘을 빌릴 곳조차 없었다. 무엇보다 많이 노력했지만 떨어진 내가 가장 슬프다며 하소연할 사람이 없었다. 엄살 부릴 여유도 없다는 사실이, 그 누구에게도 힘들다 말하지 못하는 현실이 너무 외롭고 힘들었다.

포기하기로 했다. 정말 열심히 노력했으나 현실의 장벽이 높았다고, 이만하면 최선을 다한 거라고 나 자신에게 말했다. 나를 위로해 줄 수 있는 사람은 오직 나 자신뿐이었다. 나라도 스스로를 위로해야만 했다. 그러지 않으면 자신이 너무 비참하고 안쓰러웠다. 어느새 비가 눈으로 바뀌었다. 저 눈처럼 살짝 내렸다가 녹아 버리면 될 것 같았다. 그냥 그렇게 포기하기 딱 좋은 날이었다.

'나의 꿈, 이젠 안녕.' 그날 밤 술을 많이 마시고 집에 돌아왔다.

문 여는 소리를 듣고 나오는 어머니 얼굴을 본 순간, 그만 쏟아지는 눈물을 참지 못하고 펑펑 울었다.

"엄마, 미안해, 정말 미안하다고. 나도 정말 열심히 노력했지만 결과가 좋지 않았어요." 그러고는 서글프게 울다가 잠들었다. 다음 날 잠에서 깨어나니 식탁에 올려 둔 하얀 봉투가 눈에 들어왔다. 그 안에는 현금 10만 원과 서툰 글씨로 쓴 메모 한 장이 들어 있었다.

'아들, 괜찮아. 다시 해 보자.'

어머니의 메모를 읽으면서 정말 많이도 울었다. 이대로 포기할 수는 없었는데, 차마 그 말을 하지 못한 못난 아들의 마음을 어머니가 먼저 알아주셨다. 꼭 하늘을 나는 자랑스러운 아들이 되겠다고 마음속으로 약속하며 다시 도전해 보기로 결심했다.

그렇게 나의 편입 도전은 원점으로 돌아왔고 새로운 시작을 맞았다. 낮에는 영화관에서 아르바이트를 하고 영화관 일이 끝나면 다시 학원에서 꼬박 10시까지 공부했다.

1년 뒤 겨울이 되었을 때, 다행히도 내 영어 성적은 전보다 훨씬 향상된 수준이었다. 실패를 맛봐서인지 이번에는 한층 꼼꼼하고 조심스럽게 시험을 치렀다.

마침내 합격 통지를 받고 그토록 바라던 대학에 입학했다.

예비 마지막 순위로.

현실이 가난하다고
꿈까지 가난할 수는 없습니다

대학 4학년이 되면 생각이 많아지기 마련이다. 취업 준비를 하며 느끼는 불안감과 초조함은 물론이고 앞으로 어떤 일을 하며 살아야 할지 심각하게 고민하는 시기가 시작된 것이다.

나는 무엇을 좋아하는가? 무엇을 하며 살아야 할까? 내 경우는 일찍이 승무원을 목표로 달려왔지만, 대부분은 자신이 정말 하고 싶은 일을 잘 모른 채 4학년을 맞이한다. 그렇게 생각의 끝에 있는 답을 얻지 못한 상태로 공채 시즌이 되면 여기저기에 원서 접수를 해 본다. 운 좋게 취직이 되면 이후로 쭉 행복한 삶을 살 것 같지만 얼마 지나지 않아 또다시 고민에 빠진다. 내가 정말 하고 싶은 일은 무엇일까? 이 길이 정말 맞는 것일까?

'하고 싶은 일을 하면서 살아야 합니다. 마음이 이끌리는 대로 사는 것이 청춘입니다.'

인생 선배들이 청춘들에게 즐겨 남기는 메시지다. 당연히 맞는 말이며 요즘 흔히 들을 수 있는 그렇고 그런 듣기 좋은 이야기다. 하지만 그분들은 알까? 우리의 현실은 생각만큼 녹록지 않다는 사실을. 어디든 대학 졸업장이 필수여서 변두리 대학이라도 나오지 못하면 어느 한 곳 이력서조차 넣을 수 없다. 내 집을 마련하려면 최소한 몇 억은 있어야 하고 결혼 비용 또한 만만치 않은 것이 현실이다. 피땀 흘려 일해서 집을 사고 결혼을 한다 한들 남들 수준에 맞춰 아이를 키우는 과정 역시 쉽지 않다. 다들 그렇게 산다고 현실을 받아들여 보지만 오래전 우리가 했던 고민의 답은 아직까지 얻지 못한 상태다.

이렇듯 20대 후반에서 30대 초반 젊은이들의 가장 큰 고민은 '하고 싶은 일과 해야 하는 일' 사이에서 생기는 괴리감이 아닐까 싶다. 그런데 각종 미디어를 통해 인생 조언을 하는 저명한 분들은 모두 같은 이야기를 한다.

'하고 싶은 일을 하십시오. 그래야 행복한 삶을 살 수 있습니다.'

하고 싶은 일을 하며 살아야 후회 없다는 사실은 아직 그 경험을 누리지 못했다 해도 누구나 다 안다. 동창은 대기업에 입사했고 함께 놀던 친구는 어느덧 결혼 준비를 하는 중이다.

무엇을 하며 어떻게 살아야 할지 아직 고민이 끝나기도 전에 사회는 우리에게 채찍질을 한다. 지금은 대학에 가야 할 시간이고, 그다음엔 남들처럼 회사에 들어가야 하고, 곧 연애하는 친구와 결혼할 시기이고, 또 그 뒤엔 아이를 키우며 살아야 한다고. 결국 책임감과 주변 환경 때문에 하고 싶은 일과 거리가 멀어지며, 그래도 계속되는 미련에 대해

'내 몫'은 아니라고 합리화한다. 그냥 적당히 사는 정도로 만족하면 되고, 다들 그렇게 사는 거라고 말이다. 운이 좋아서 정말 하고 싶은 일이 생겼다 해도 지금부터 시작하기에는 다소 늦은 감이 들고, 꿈을 얻기 위해 다시 포기해야 하는 기회 비용은 점점 커져 간다. 한데 이를 쉽게 포기하기에는 아직도 내 청춘과 열정이 뜨겁기만 하다.

정답이 없는 질문. 마음 터놓고 물어볼 곳 하나 없으며 그 누구도 명쾌하게 대답해 주지 못할 그 질문의 해답을 찾으려 한 것이 욕심일지도 모른다. 다만 대학생도 취업에 성공한 2030 사회초년생도 삶에 대한 열정은 여전히 뜨겁다.

그 뜨거운 심장을 안고 과감히 자신의 길을 가는 사람도 적지 않다. 대기업에 입사했지만 이것은 내가 원한 삶이 아니라며 과감히 사표를 내고, 비록 많은 돈을 벌지는 못해도 새로운 꿈을 이루기 위해 창업을 하거나 스타트업 회사를 만들기도 한다. 혹독한 환경과 열악한 현실을 핑계 삼기에는 우리의 젊은 심장이 너무나도 뛰고 있다. 심장이 뜨거울 때 뛰어가야 한다. 그때 뛰어가지 않으면 금방 식어 버릴지도 모른다. 또한 먼 훗날 우리의 삶을 되돌아보았을 때 많은 후회가 남을지도 모른다.

'아, 그때 내가 그런 꿈을 꾸었지. 그때 제대로 도전해 볼걸…'

그러고 보니 답은 이미 나온 것 같다. 아무래도 이상을 쫓아 하고 싶었던 것, 해 보고 싶었던 것을 바라보며 한번쯤 꿈꾸고 원한 동경의 삶을 살아 보고 도전해 봐야 온전히 자신의 삶을 살았다 말할 수 있을 것이다.

사람이 죽기 전에 저승에 가져가는 것들이 있다고 한다. 부와 명예도 아니고 함께 한 가족, 친구들과의 추억도 아니다. 내가 살았던 가슴 뛰는 순간, 내가 '최대한'으로 살아낸 모든 순간이 진짜 자신의 삶이고, 그 매 순간이 삶의 마지막에 기억되는 장면이라고 한다.

언제까지 이상과 낭만을 쫓으며 살 수만은 없다고, 언제까지 하고 싶은 일만 하면서 살 수는 없지 않은가라고 말할 수 있다. 하지만 그 '언제까지'라는 한계는 누가 만들고 누가 정했을까? 뜨거운 청춘이라면 언제든 다시 날아오를 수 있어야 한다. 귀 닫고 눈 감고 오로지 마음이 이끄는 대로 가야 할 때다.

남들이 뭐라 하든 환경이 어떻든 내가 하고 싶은 일 미련 없이 도전해 보았다고, 현실이 녹록지 않아도 이 뜨거운 가슴이 이끄는 곳으로 발걸음을 하고 불태웠으며, 그런 낭만이 있고 열정이 있는 청춘으로 진짜 내 삶을 살았다고, 자신 있게 말할 수 있어야 한다.

꿈까지 가난하게 가질 이유는 없다

첫 번째 꿈은 승무원이었고 승무원이 되어서는 비행 이야기를 쓰고 싶었다. 그 후에는 다양한 방법으로 환경이 어렵고 꿈이 가난한 이들에게 희망과 용기를 줄 것이다. 매달 하는 국내 봉사와 매해 진행되는 해외 봉사를 토대로 언젠가는 국내외에 학교와 도서관을 지을 것이다. 참 신기하게도 끊임없이 새로운 꿈을 상상하고 힘들어도 포기하지 않으며 꾸준히 노력하니 그 꿈들이 작은 보폭이나마 하나씩 실현되어 간다. 모든 것이 쉽지 않고 제때 이루어질 수 없지만 끊임없이 노력하면 서서히 그 꿈속에 존재한 나를 닮아 간다.

사람은 어디에 가치를 두고 무엇을 생각하며 사느냐가 중요하다. 꿈이 있는 삶과 꿈이 없는 삶의 깊이는 결코 같을 수 없다. 나는 남들이 중요하다고 생각하는 현실적인 조건을 많이 갖지는 못했지만, 항상 내 삶의 주인이 되어 생각하는 가치에 무게를 두고, 그곳으로 발걸음하고자 노력한다. 이런 하루하루를 누릴 수 있는 일상이 그저 행복하고 가슴이 벅차오른다.

모든 일이 쉽지만은 않을 것이다. 그 길이 흙탕물이고 비탈길이고 때로는 남들이 가지 않는 산길처럼 험난할 수도 있다. 허허벌판에서 길을 잃을지도 모른다. 몸도 마음도 지칠 테고 주변 환경과 책임감에 억눌려 힘들어할 것이다.

하지만 겨울이 지나면 봄이 오듯 울고 난 다음에는 반드시 웃음 지을 일이 생긴다. 헤어짐 다음엔 새 만남이 있었고 포기하지 않으면 언제나 그다음 장이 펼쳐지곤 했다. 이 과정에서 만나는 사람들은 아름다웠고 맞이한 풍경들은 경이롭기만 했다.

그저 꿈을 꾸었던 사람이 되지는 않았으면 좋겠다. 더 어렵고 힘든 상황에서도 포기하지 않고 열정에 빠져 사는 사람을 수없이 만나 왔다. 그들은 꿈을 잃지 않고 열정을 다했더니 어느새 그 꿈이 내 앞에 다가와 있었다고 말한다. 정말 힘들 때는 딱 한 발만(!) 앞으로 내디디면 된다.

다음은 언젠가 김난도 작가의 《아프니까 청춘이다》를 읽고 쓴 글이다.

'우리가 여든 살까지 산다고 가정했을 때 인생을 시간에 빗대어 환산해 보면 1년은 18분이고 스무 살은 아침 6시입니다.'
《아프니까 청춘이다》 중

아직 잠에서 깨지 않는 친구들도 방금 잠에서 깬 사람들도 부스스한 얼굴로 침대에 앉아 있습니다. 아직 잠에서 덜 깬 상태지만 어디로 가야 할지 뭐부터 해야 할지 생각하기도 전에 씻고 밥 먹고 아무 생각 없이 학교 갈 준비를 합니다.

'왜냐하면?'이란 질문은 없습니다. 언제나 그래 왔고 다들 그러니까요.

　누군가 정해 놓은 틀 안에서 거부하면 안 될 거 같고 그대로 가기엔 내 마음이 다 할 수 없는데 언제나 그랬듯 우리는 가방을 메고 학교에 가서 열심히 공부해야 합니다. 어른들이 너는 왜 학교에 가니? 가방에 무엇을 넣고 싶고 정말 원하는 것은 무엇이니… 하고 물어 주면 좋겠는데, 그저 늦기 전에 빨리 준비하라고만 합니다.

　내 나이 스물여덟, 오전 8시가 조금 넘은 시간입니다. 아직 하루가 저물기엔 많은 시간이 남은 터라 정신없이 분주한 아침을 보내는 중에 잠시 멈춰 혼자만의 생각에 잠깁니다. 나의 삶을 어떻게 만들어 가야 늦은 저녁 하루를 돌아보았을 때 후회가 없을까 하는 생각이 머릿속에 한가득입니다.

　후회 없이 열심히 살았다고 생각하지만 나의 이 뜨거운 청춘이 이대로 흘러가는 게 아쉽기만 하고 바쁜 일상에 밀려 정신없이 지내는 사이 돌아오지 않을 시간이 흘러가는 걸 생각하면 마음이 조급합니다. 시간이 흐르고 흘러 더 이상 돌이킬 수 없을 때 해 보지 않은 걸 동경하는 바보 같은 후회를 안 했으면 좋겠습니다.

　사람은 나무와 달라서 나이를 더한다고 그저 나이테가 늘어나 기둥이 굵어지는 게 아닙니다. 물론 젊다고 늘 신선한 것도 아닙니다. 더 늦기 전에 자기 마음을 살피고 가슴이 뛰는 곳으로 발길을 돌려야 합니다. 10대, 20대, 30대… 나이의 높낮이에 상관없이 언제나 내 삶이 뜨거운 청춘이면 좋겠습니다.

항공사 면접에서 중요한 것은
나만의 독보적인 매력!

'항공사에 합격하려면 무엇부터 준비하고 어떤 과정을 밟아야 할까요?'

'합격을 위해 가장 중요한 것은 무엇인가요?'

무엇을, 어떤 식으로 그리고 어디까지. '팩트'를 원하는 질문들에 대해 한마디로 시원한 답을 내기란 결코 쉬운 일이 아니다. 다만 절대적으로 필요한 한 가지는 확실하게 말할 수 있다.

'서류 전형을 통과했으면 면접 자리에서 보여 줄 수 있는 자신의 모습에만 신경 쓰세요.'

객관적으로 볼 때 비중이 높고 중요한 부분이며, 승무원 응시생들이 내심 가장 신경 써서 준비하는 합격의 최종 관문. 이는 바로 '면접'이다. 실제로 승무원의 가장 큰 자산은 '이미지'가 아닐까 생각한다. 단순히 눈이 크고 코가 높고 얼굴이 작은, 예쁘고 잘생긴 외모가 아니라 '누가 보아도 편안하고 단정해 보이는' 사람 좋은 인상 말이다. 승무원의 자격 조건에만 해당되는 문제가 아니다. 누군가가 풍기는 특유의 분위기는 그 자체로 결코 무시할 수 없는 중요한 자산이다. 보통 '매력'이라고 표현하는데, 태도와 가치관은 물론 말투와 어조, 성격과 감성까지 담겨 있다.

'내 이미지는 승무원하고 멀다'라고 느끼는 사람도 크게 걱정할 필요 없는 것이, 자신이 갖춘 '매력'을 충분히 보여 준다면 면접에서 좋은 점수를 받을 수 있기 때문이다.

항공사마다 채용 절차에 따라 면접 횟수가 다르지만 보통 2~3회 면접 심사를 거친 뒤 최종 합격 소식을 전한다. 서류 합격 통지를 받고 며칠이 지나면 그토록 고대하던 면접날이다.

승무원다운 이미지를 연출한 모습으로 면접장에 들어서면 보통 두세 명의 면접관과 마주한다. 다른 면접자들과 함께 인사를 하고 자기소개와 짧은 인사를 마치면 개별 면접이 시작된다. 짧게는 5분, 길게는 20분 정도. 그동안 갈고닦은 모든 것을 보여 줘야 하는 시간인 것이다. 질문에 맞는 대답을 논리적으로 하되 너무 긴 답변은 좋지 않다. 자신의 솔직한 생각이 드러나야 하는 한편 다른 면접자의 말에 귀 기울이는 배려심도 필요하다.

'길지 않은 시간에 어떻게 하면 다수의 면접자를 제대로 판단할 수 있을까?'라는 궁금증을 가질 수도 있겠지만, 면접관은 그야말로 승무원계의 베테랑 중 베테랑이다. 보통 10년 이상의 경력을 갖춘 팀장급 이상이다. 오랜 시간 승무원 실무를 거치며 축적된 노하우와 감각만으로도 어떤 지원자가 승무원이라는 직업 성격에 잘 어울리며 오래도록 잘해 나갈지, 순간적인 '촉'을 느낄 수 있는 전문가다.

때로는 형식적이고 때로는 깊게 파고드는 심층 질문으로 이루어지는 면접은 그야말로 아프리카 야생 같은 긴장감이 팽팽히 흐르는 시간이다. 그래서 누군가에게는 가장 두렵고 어려운 시간일 수 있고, 나를 표현하는 데 익숙한 응시자라면 좀 더 편안할 수도 있다(물론 누구든 반갑지 않은 건 매한가지다).

처음에 좋은 이미지를 줘서 높은 점수를 받는다 해도 다음 몇 가지 질문에서 점수가 낮아지기도 한다. 반대로 처음엔 좋은 점수를 받지 못했지만 자신의 매력과 장점을 어필하면서 면접장을 나설 때쯤 월등히 좋은 점수를 받는 사람도 있다. 면접은 그야말로 한치 앞을 예측할 수 없는 전쟁터 같은 곳이다. 물론 가장 중요한 점은 자신의 매력을 어필하는 것이다.

면접의 긴장을 극복하는 다양한 방법

몇 번의 면접을 거치면서 어느 순간 나만의 방식이 생겼다. 면접장에 들어설 때마다 아기 얼굴과 우리 집 앞 슈퍼 아저씨를 떠올리는 것이다.

실제로 면접 전날 아저씨를 찾아가 사정을 말씀드리고 휴대전화로 사진을 찍은 뒤 면접 대기 시간에 그 사진만 들여다보았다. 면접장에 들어서면 '내 앞에 있는 면접관은 우리 동네 아저씨다'라며 자기 최면을 걸어 보려고 노력했다.

그 덕분에 조금은 긴장이 풀렸고 약간은 편한 마음으로 내 생각을 전달할 수 있었다. 여기에 좀 더 자연스러운 미소와 이미지까지 곁들인 결과 면접관들에게 편안함을 줄 수 있었다고 생각한다. 한 가지 더. 나는 아기 사진을 보면 유독 기분이 좋아진다. 그래서 친척 조카의 사진까지 챙겼다. 슈퍼 아저씨 사진과 함께 보면서 면접에 대한 긍정 마인드를 두 배로 부풀리고자 애썼다. 이렇듯 긴장을 없애기 위해 노력했지만 실제로 내가 긴장을 했는지 안 했는지는 사실 너무 정신이 없어서 잘 모르겠다.

면접 과정이 중요하기에 내 면접의 기억을 떠올리며 다시 한번 짧은 조언을 남긴다. 내가 어떤 사람인지 체크할 것. 자신만의 강점을 개발하고 노력할 것. 이런 준비를 제대로 한다면 훨씬 좋은 모습과 편안한 마음으로 면접 과정을 잘 헤쳐 나갈 것이다.

서류 탈락의 고배
꿈을 이루는 건
만만치 않은 일이더군요

자신이 바라는 꿈과 어울리는 모습을 지니는 것만큼 큰 행운이 있을까. '나는 승무원이 되고 싶다'라고 이야기하면 다행히도 많은 사람이 내가 승무원의 이미지를 제대로 갖췄다며, 꼭 될 거라고 응원해 주었다. 물론 이미지만으로 항공사 입사 조건을 만족시킬 순 없겠지만 이미지가 좋다는 주변의 응원에 힘입어 면접은 자신이 있었다.

하지만 나 역시 면접은 고사하고 심히 불안했던 서류 전형부터 탈락의 고배를 맛보기는 마찬가지였다. 모든 준비를 마쳤고 학점 관리와 토익 점수, 자격증, 대외 활동, 봉사 점수 등 월등히 뛰어난 건 아니지만 항공사 입사 조건을 따져 보자면 아무 문제가 없는 상황이었다. 이제 본격적으로 공채 소식만 기다리면 되는 상황.

2015년 졸업을 앞두고 2014년부터 하반기 공채에 지원하기 시작했다. 그런데 부푼 기대를 안고 지원한 항공사마다 서류 심사에서 하나 둘 탈락했다. 게다가 서류만큼은 합격률이 높다는 대형 항공사마저도 서류 탈락이었다. 이리저리 공부해서 성심성의껏 작성한 자기소개서도 문제가 없어 보였고, 다른 스펙도 그리 떨어지는 편은 아니었다.

'과연 무엇이 문제인가.'

어느 부분이 문제이고 무엇이 잘못된 건지 모르는 상황에서 계속되는 탈락 소식은 내게 심각한 고민으로 다가왔다. 피가 마르는 듯 절박한 심정이었다. 서류만 통과하면 뭔가 될 것 같은데, 그것이 쉽지 않았다. 그 뒤로 여섯 곳의 항공사 모두 서류 탈락이었다.

'모든 준비를 갖추었다고 생각했는데 아직 많이 부족한 것인가. 어떤 점이 부족한 걸까?'

어떤 부분이 부족한지 제대로 알면 보완해서 다시 지원할 텐데 그 문제를 스스로 파악하기란 쉽지 않았다.

승무원 관련 인터넷 카페에서는 공채 후 여기저기서 몰려오는 탈락자들끼리 공간을 만들어 서로를 위로했다. 탈락 이유를 추측해 보기도 하고 합격자 정보를 공유하기도 했다. '어떤 합격자는 무슨 자격증이 있고, 외국어 점수는 몇 점이네요' 하는 식의. 이렇듯 정답이랄 게 없는 무성한 이야기를 나누며 서로를 쳐다보고 있었다.

그때 나를 가장 무섭게 감싼 생각들이 있다. 내가 너무도 벅찬 꿈을 꾼 것일까 하는 생각과 어쩌면 열심히 준비한 내 모습을 면접에서 보여 줄 수 없을지 모른다는 사실이 마음을 조여 왔다. 실패에 익숙한 터라 처음 한두 번의 서류 탈락은 '그래, 처음이니까 괜찮아. 처음부터 잘되는 게 이상한 거야'라고 합리화했는데, 그 탈락이 반복되다 보니 마음이 불안해졌다. 자신만만하던 모습은 온데간데없고, 마음이 이리저리 요동쳐서 주체할 수 없는 불안감에 사로잡히기도 했다.

탈락해 본 사람은 안다

정말 원하는 것을 잃어 본 사람은 안다. 내가 얼마나 사랑했는지, 그리고 내가 얼마나 원했는지. 그때서야 내가 진짜 원하는 것의 깊이를 느낄 수 있다. 정말 간절하지 않았다면 끝내 포기할 것이고, 그토록 간절하면 뒤돌아보지 않고 다시 일어나 달릴 것이다. 그전보다 더 열심히.

실패와 탈락은 때로 그런 윤활유 역할을 한다. 간절함에 협상은 있을 수 없고 이만하면 충분했어라는 말은 꿈과의 대화에서는 어울리지 않는다. 포기했다면 그만큼 사랑하지 않은 것이다.

이제 와서 느끼는 부분이지만 같은 꿈을 이루었다고 해도 그것을 쉽게 얻은 사람과 그렇지 않은 사람의 깊이는 좀처럼 같을 수 없다. 물론 모든 것이 완벽해서, 아니면 잘 준비해서 한 번에 붙은 사람은 깊이가 낮다는 말이 아니다.

다만 꿈으로 가는 길에 장애물이 많으며 넘어지고 부서지고 깨지고 다시 일어나고, 먼 길을 돌고 돌아 끝내 목적지에 도착한 사람은 그 간절함이 남들과 다를 것이다. 그 과정과 결과에서 얻은 꿈의 결실은 더욱 단단하며 끈끈할 거라고 확신한다. 그래도 다행인 건 탈락을 거듭하면서 지독한 오기가 생겼다는 점이다. 정말 내 꿈이 이리도 간절하다는 것을 새삼 느끼는 계기였다.

'아, 정말 내가 이 정도로 승무원을 하고 싶었구나.'

이런 마음을 정면으로 마주하게 되었다.

항공사의 꽃은 면접이라고 하지만, 그보다 더 중요한 것은 서류 절차다. 서류를 작성하고 자기소개서를 쓰는 시간은 나를 되돌아보며 면접으로 가기 위해 마음을 단련하고 자신과 대화하는 과정이라고 생각한다. 그 시간을 진솔히 맞이한다면 면접에서도 자기 이야기를 잘할 수 있고, 끝내 좋은 결과를 얻을 수 있다고 믿기 때문이다.

일곱 번째 지원한 항공사에서 서류 합격을 했고 한 번에 최종 합격을 했다. 1년 뒤 내가 가장 가고 싶어 한 항공사에 다시 지원했고 운 좋게 합격 소식을 받았다.

최근 입사한 후배 중에 무려 열아홉 번의 탈락을 맛본 친구가 있다. 그녀에게 이런 질문을 한 적이 있다. 답을 얻으려 했다기보다는 진심으로 궁금했기 때문이다.

"어떤 점이 가장 힘들었어? 계속 탈락하면서 네가 배운 건 무엇일까?"

그녀는 잠시 망설이더니 이내 가슴속 깊은 이야기를 길게 꺼냈다.

"계속 탈락하면서 멘탈도 많이 약해졌어요. 이 길만을 바라보고 달려왔는데 도대체 내가 승무원 아니면 무슨 일을 해서 먹고살아야 하지 싶어 미래에 대한 걱정도 많이 했어요. 그런데… 제가 포기하고 싶을 때마다 정말 후회하지 않겠냐며 조금만 더 해 보자고, 이렇게 계속 하다 보면 꼭 해낼 거라고 잡아 주신 교수님과 부모님이 계셨기 때문에 그토록 긴 시간 이어진 제 꿈을 현실로 이룰 수 있었다고 생각해요.

또 한 가지 말씀드리고 싶은 것은요, 제 지원 이력을 보면 알겠지만 정말이지 지원과 탈락을 반복했거든요. 그러면서 점점 탈락하는 데 무뎌져 간다고 생각했는데, 그게 아니라 스스로 꾹꾹 참고 있었던 것 같아요. 터졌을 때 약한 모습을 내보이기 싫어서 '또 떨어졌어요…' 하며 약간 씁쓸한 듯 아무렇지 않게 이야기했지만, 사실 집에선 혼자 소리 지르면서 울기도 했고, 도대체 내 의지도 모르고 왜 자꾸 떨어뜨리는 거냐며 항공사 원망도 많이 했죠.

점점 시간이 흐르고, 사회에선 더 이상 이른 나이가 아니라는 생각이 들자 취업에 대해 본격적으로 조급해졌어요. 승무원 준비는 이제 그만 해야겠다고 생각했죠. 그런데 제주항공 공채가 뜬 거예요. 마지막이라는 생각으로 지원했고 정말 합격하고 싶었지만 이번엔 희한하게도 그냥 마음이 비워졌어요. 이번에도 떨어지면 어떡하지…라기보다는 '붙으면 좋고 아니면 말고. 다른 일 하면 되지 뭐.' 하며 그냥 가벼운 마음으로 면접을 보자고 마인드컨트롤을 했어요. 그래서인지 면접 자리에서도 가볍게 있는 그대로, 면접관이 아니라 그냥 어르신들과 대화하고 오자 생각했어요. 그런 여유로운 모습이 전해졌는지 좋은 결과를 얻은 것 같아요.

지금 생각해 보면 그동안 무섭고 떨어지기 싫고 정말 잘하고 싶다는 마음으로 면접에 임한 것 같아요. 당연히 바짝 긴장했는데 면접관들도 그걸 느꼈겠죠? 그동안 계속 탈락한 결정적인 이유라고 생각해요. 어떤 면접이든지 자신감과 여유 있는 모습은 아주 중요한 것 같아요. 승무원 준비를 잠시 관두고 다른 직종의 면접을 보러 다닌 적이 있는데 면접 본 회사에서 모두 연락을 받았어요. 항공사마다 탈락하니까 난 정말 쓸모없는 사람인가 하는 생각이 들면서 자존감도 떨어졌는데, 나를 찾고 원하는 곳이 많으며 나도 사회에 필요한 사람이라는 걸 느끼게 되었어요.

면접은 여유가 매우 중요하다는 걸 깨달았죠. 절대 못나서 떨어진 게 아니에요. 탈락 소식을 듣는 순간은 정말 슬프고 절망스럽겠지만 자신이 얼마나 소중한 사람인지 잊지 않았으면 좋겠어요. 그리고 마지막으로 나부터 자신을 사랑해야 다른 사람도 나를 소중하게 생각한다는 점 역시 절대 잊지 않았으면 좋겠어요! 훌훌 털어 내고 다시 일어설 수 있는

용기를 가진 사람이 꿈을 이루는 사람이라고 생각합니다. 여기까지 와
보니 이건 누구나 할 수 있는 일이에요."

불합격, 실패, 좌절… 이 모두가 반갑지 않은 말이지만, 어쩔 수 없이
맞닥뜨려야 하는 시기란 게 있는 법이다. 그 순간을 잘 이겨 내고 끝내
포기하지 않는다면 우리가 진정으로 원하는 것을 얻을 수 있다.

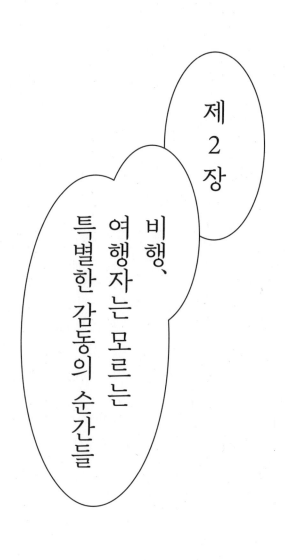

제 2 장

비행,
여행자는 모르는
특별한 감동의 순간들

승무원이 되기를
참 잘했습니다

늦은 저녁 무렵의 노을은 생각보다 고요하고, 한국의 밤하늘은 생각보다 훨씬 아름다웠다. 예기치 않은 사람 그리고 함께 비행하는 좋은 선배들을 만난 모든 상황이 감사하고 다행이었다. 오랜 시간 간절히 바라고 꿈꿔 온 순간이건만 솔직히 대단한 것도 거창한 것도 없었다. 다만 나의 꿈을 간직해 온 시간들만큼 내가 느끼고 품은 마음은 결코 가볍지 않았을 것이다.

    2015년 6월 1일 걱정되고 설레던 첫 비행. 일본 오사카에 도착해 손님들과 일일이 눈을 마주치며 하기(下機) 인사를 하는 순간, 한 꼬마와 웃으며 하이파이브를 건네는 순간에 문득 이런 생각이 들었다.

    '아, 승무원이 된 건 정말 잘한 일이야!'

낭만비행

오사카로 비행하는 동안 탑승한 손님 한 분 한 분의 모습을 보았고 그들과 함께 나눈 짧은 대화 또한 색다른 경험이었다. 같은 공간에 있지만 저마다의 이야기를 안은 채 하늘을 나는 한 분 한 분이 '똑같은 손님'이라는 획일적인 모습으로 다가오지는 않았다. 비행기를 처음 탄 사람도 있었고 첫 해외 여행에 유독 들뜬 손님도 만났는데 이런 모습이 너무나 귀엽고 아름답게 느껴졌다.

어떤 이에게는 일상이 될 수도 있고, 어떤 이에게는 인생의 처음이 될 수도 있으며, 누군가에게는 마지막 경험일 수도 있는 비행 시간. 그 시간을 결코 가벼울 수 없는 깊은 장면으로 만들고 싶었다. '내가 그들과 이런 순간을 함께 할 자격이 있는 사람인가'라는 의문이 들기도 했지만 답은 한 가지. 모든 순간을 함부로 보내지 않겠다는 다짐이었다.

첫 비행을 하는 날 익숙하지 않은 공간 환경과 업무로 인해 마음은 붕 뜨는 기분이었고 머릿속은 정리되지 못한 채 복잡하기만 했다. 하지만 그 정신없는 시간을 보내는 와중에도 정말 보고 싶은 장면이 있었다. 머릿속 한편에서 끝끝내 놓지 않은 것은 비행기 창 밖으로 펼쳐진 그날의 하늘 풍경이었다.

누구에게나 꼭 기억하고 싶은 순간이 있기 마련이다. 평생 간직하고 싶은 '아름다움'을 느끼는 순간이다. 그런데 아무리 잊지 않으려 노력해도 시간이 흐를수록 과거의 기억은 흐릿해진다. '그토록 바라던 장면도 결국은 마찬가지구나. 아, 예전에 그런 때가 있었지' 하며 무덤덤한 말투와 표정으로 그 순간을 되새기지만 흐려진 기억은 어쩔 수가 없다.

과도한 의미 부여일지 모르나 좀 이른 나이부터 이런 생각을 해 온 터라 더 이상 같은 경험을 하고 싶지 않았으며 첫 비행의 순간을 그냥 그렇게 흘려보내고 싶지 않았다.

어느 날, 어느 순간의 기분과 장면. 물론 글로 남겨 둘 수만 있다면 두말할 것 없이 '잊지 못할' 좋은 기록이 된다. 단지 그런 여건이 힘든 상황이라면 특정한 사람(또는 사물)에게 집중한다. 소중한 기억을 최대한 오래 지속하는 나만의 방법이다.

내 일상에서 매 순간 기억으로 간직해 두고자 한 형상의 대부분은 '자연'이었고 첫 비행에서는 당연하게도 '하늘'이었다. 비행기에서도, 오사카에 도착해서도. 첫 비행인 터라 너무나 정신없이 움직이면서도 틈틈이 잊지 않고 바라본 그날의 하늘에 대한 기억은 아직까지도 생생하게 남아 있다.

아직 많이 서툴고 어리숙했던 3년 전의 첫 비행.
사소한 마주침에서 느낀 행복을 경험한 첫 비행 그리고
앞으로 찾아올 두 번째, 세 번째 계속 이어질 비행들.

낭만비행

사랑은 누군가와 보폭을 맞추며
함께 걸어가는 것입니다

유독 많은 사람을 만나는 장소가 있다. 기분 좋은 웃음이 담긴 이야기만 존재하고 고달픈 사연은 잠시 미루는 게 규칙 아닌 규칙인 장소. 모인 이들이 다 함께 사진 찍으며 생의 마지막으로 기억될지도 모르는 소중한 추억의 순간을 만드는 마법 같은 장소. 바로 공항이다.

　여행을 떠나는 연인과 결혼식을 마치고 도착한 신혼부부 그리고 가족 여행을 처음 떠나는 아이들의 설레는 모습도 흔히 보는 풍경이다.

　국내선 비행을 위해 김포국제공항에 도착한 날이었다. 출국장으로 가는 도중에 에스컬레이터 옆으로 두세 살 된 아이와 어머니가 손을 잡고 걷는 모습을 보게 되었다. 아장아장 걷는 아이는 특별한 목적 없이 발길 닿는 대로 이리저리 움직이고 어머니는 아이의 속도와 방향을 주시하면서 곁을 따른다. 이내 아이는 어머니의 손을 벗어나 뭐가 그리 좋은지 종종걸음으로 이리저리 뛰어다닌다. 제 걸음을 주체하지 못하는지 온몸을 흔들며 걸어가는 아이를 주시하면서 혹여나 넘어질까 뒤쫓아가는 어머니.

에스컬레이터가 올라가면서 내 시선은 더 이상 그 장면을 향할 수 없었지만, 그날 하루 종일 아기 모습을 떠올리며 웃음 지었다.

사랑이란 무엇일까

세상의 수많은 사랑을 두고 몇 글자 낱말로 정의하기란 결코 쉽지 않다. 다만 가장 깊은 사랑은 부모와 자식 간의 사랑이 아닐까 하는 생각이 든다. 그 사랑은 조건도 없거니와 기대도 바람도 결코 크지 않다. 서로의 존재 자체가 사랑이고 감사이기 때문이다.

사랑은 사랑하는 누군가와 함께 걷는 것이다. 중요한 것은 '보폭을 맞춰' 걷는 일이다. 내 사람이 천천히 걸으면 나 또한 그 걸음에 맞춰 천천히 걷고, 행여나 상대가 넘어져 있으면 그 옆에서 함께 걸음을 멈출 수 있는 것 그리고 사랑하는 사람에게 정신과 마음을 온전히 쏟으며 집중하는 것. 소란하거나 거창할 필요가 없는 조용한 발걸음들이 진정한 사랑이라고 생각한다.

공항에서 본 아이와 어머니 이야기를 꺼내자니 어린 시절 충남 공주 시골길에서 만난 노부부가 떠오른다. 부부는 해 질 녘 집으로 향하는 길인 듯했다.

앞서 걷는 할아버지와 조금 간격을 두고 뒤따라 걷는 할머니. 참 이상하게도 할아버지와 할머니 두 분의 거리가 좀처럼 멀어지지 않았다. 열 걸음을 뗀 뒤에는 힐끗 뒤를 돌아보며 할머니가 잘 따라오는지 한

낭만비행

번씩 확인하는 할아버지. 멀어졌다고 생각하면 이내 보폭을 좁힌다. 그러니 두 분의 거리는 좀처럼 멀어지지 않는다. 말을 하지 않고 표현 또한 다르지만, 할아버지는 분명히 할머니를 생각하며 보폭을 맞춘다. 이것이 바로 사랑이다.

사람은 사랑을 만들고 그 사랑이 사람을 변화시키며 사랑을 통해 성장하고 성숙해지는 과정. 연인과의 사랑도 사랑이지만 가족, 친구, 동료, 손님 그리고 나 자신과의 관계 또한 사랑 안에 존재한다.

이 세상에서 가장 소중한 것은 다름 아닌 사랑이다.

사랑은 보폭을 맞추는 일
그리고 함께 걷는 것이다.

감동을 주는 역할인데
어쩐지 매일 받기만 합니다

2015년 12월 24일 방콕 수완나품국제공항에서 출발하는 인천행 비행기에 여자아이가 탑승했다. "메리 크리스마스!"라고 인사를 건네니 수줍게 웃으면서 눈인사를 남기고는 자리에 앉는다. 이내 아이에게 다가가 타이 여행이 어땠는지 물으니 잠시 쳐다보곤 다시 아무런 답이 없다. 이렇게 짧은 인사를 나누는 동안 인천행 비행기가 출발했다.

　　이륙 후 서비스를 하는 동안 아이가 무얼 하나 보니 공책과 필통을 꺼내 무언가를 열심히 그리고 있다. 얼핏 보아하니 산타할아버지를 그리는 것도 같고 비행기를 그리는 것도 같다.

　　"우와, 너 그림 정말 잘 그리는구나!" 하고 칭찬한 뒤 다른 서비스를 하다 다시 아이 옆을 지나가는데 어머니가 말을 걸어왔다.

예지가 삼촌 주려고 기다렸다는 말에 자세히 보니, 이륙한 뒤부터 열심히 그리던 그림이다. 그 그림을 받고 잠시 멍해졌다. 아무 말도 할 수가 없어서 그저 아이의 눈만 바라보았다. 그러곤 마음을 담아 인사를 전했다.

"고마워, 예지야. 삼촌이 이 그림 평생 간직할게."

그러고선 뒤돌아서 '쿵'. 가슴이 뛰고 머릿속이 복잡해지는 이 알 수 없는 기분이 뭔가 싶었다. 요동치는 마음을 부여잡고 서둘러 겔리(gelly, 항공기 내부에 마련된 주방 공간)로 돌아와 마음을 진정시켰다.

'사람들에게 감동을 주고 싶어 승무원이 되었는데 오히려 감동을 받고 있으니⋯ 분명 난 좋은 승무원은 아닌 것 같다'라는 생각이 들었다. 두근거리는 마음을 진정하고 서둘러 종이와 펜을 잡았다. 아이에게 어떤 말을 건네야 좋을지 몰라 그저 한 줄 한 줄 마음을 다해 썼다.

편지와 함께 기내에서 판매 중인 예쁜 망토까지 챙겨 수줍음 많은 예지에게 다가가 다시금 말을 걸었다.

"예지야, 삼촌이 줄 수 있는 게 이것밖에 없어서 미안해. 하지만 널 위해서 앞으로도 항상 기도할게. 행복하고 건강할 수 있도록 말이야. 정말 고마워."

승무원이란 직업을 갖고 난 뒤 세상 곳곳 사람들에게 내가 받아야 할 마음보다 더 큰 사랑을 받는 것 같아 부끄럽기만 하다. 그저 아이가 예뻐서 건넨 한마디 인사와 마음이 잊지 못할 장면으로 돌아오고 평생의 기억으로 남는다.

이런 경험의 순간을 하나씩 쌓은 결과가 모든 이의 인생이었으면 좋겠다. 세상이 옳다고, 좋을 거라고 말하는 것에 흔들리지 않고 내게 진정 가치 있는 것을 찾기 시작하는 순간 비로소 진정한 삶을 살게 되는 것은 아닐까.

인생은 '그저 그렇고 그렇게' 흘러가는, 시간이 축적된 결과물이 아니다. 의미 있는 경험을 하루하루 쌓으면서 나만의 삶을 정립하는 과정이 진정한 나만의 스토리일 것이다.

낭만 비행은 만남에서 비롯되는 것

불 꺼진 객실을 돌다 보니 예지는 본인의 임무를 마친 듯 엄마 품에 잠들어 있었다. 처음 만났을 때는 느끼지 못한 행복한 미소가 가득해 보였다. 이날 여타의 비행과 특별히 다른 일은 없었다. 노선도 비행 시간도 업무량도 내 컨디션도 모두 평상시와 같았다. 그저 한 가지, 예지라는 아이를 만났을 뿐이다.

그런데 무려 여섯 시간이 넘는 비행이라 조금은 길게 느껴질 법한 일정과 크리스마스에 일하는 것에 대해 약간 불편했던 마음이 따뜻하고 벅찬 기분으로 바뀌었다. 오히려 일해서 다행이라는 생각마저 들었다. 비행하는 내 삶에 감사했고, 덕분에 다른 손님들에게도 한층 더 즐거운 응대를 할 수 있었다.

이날 나의 비행은 그야말로 '낭만 비행'이었다.

현실의 모든 상황과 기분, 마음가짐, 행동은 결국 내가 마음먹기에 따라 달라진다. 삶을 무엇으로 채울 것인가 또한 본인이 결정할 몫일 것이다. 예지가 지금도 밝은 모습으로 건강하고 행복하게 잘 지내기를 기도한다.

하늘에서 내려다본 풍경은
어떤 보석보다 아름답습니다

2016년 늦은 2월 봄바람이 살랑거리는 날이었다.

제주에서 서울로 향하는 마지막 비행기. 두 모녀가 탑승했다. 씩씩한 태도와 밝은 웃음으로 32열 맨 뒷자리를 찾아가는 소녀가 먼저였고 어머니가 뒤를 따랐다. 모녀가 착석하고 여느 때처럼 비행이 시작되었다.

이륙하고 30분쯤 지났을까. 손님들에게 생수 서비스를 마치고 뒤쪽 겔리로 돌아가다 우연히 두 사람의 대화를 듣게 되었다. 아니, 대화에 '귀 기울였다'는 표현이 맞을 것이다.

"엄마, 이것 좀 봐요. 온 세상이 보석으로 가득해요"

"와, 정말 보석같이 예쁘다, 그치?"

그 순간 나 또한 무의식적으로 함께 창밖을 바라보았다. '보석 같은 야경'이란 표현을 담은 장면이 문득 궁금해졌기 때문이다. 막상 마주하니 나 역시 단 한 번도 그토록 예쁜 야경은 본 적이 없었다.

사실 예전부터 내려다본 무수한 도시의 야경은 변함없는 아름다움을 지녔을 텐데, 그동안 마음에 담을 준비를 못 한 것이 이유였을 것이다.

야경이 바로 보석이었구나

겔리로 돌아와서 서울의 야경을 넋 놓고 지켜보았다. 한 번도 보석에 빗대어 생각해 본 적이 없는데 이날 모녀의 대화를 듣고 바라본 서울의 야경은 정말이지 '보석밭'이었다.

비행 업무에 집중하다 보면 많은 것을 놓친 채 지나간다. 동남아에서 출발해 돌아오는 새벽 시간의 비행. 이때 구름 사이로 해가 뜨는 순간은 어디에도 견줄 수 없는 아름다운 장면이며 비행기 아래로 뜬 맑은 하늘의 구름떼도 빼놓을 수 없는 장관이다.

그날 이후 비행기에서 야경을 내려다볼 때마다 '보석'이란 단어를 떠올리곤 한다. 같은 시간, 같은 자리, 같은 풍경이지만 담는 사람의 마음에 따라 그 깊이가 달라지는 게 아닐까 싶다.

누군가 그리고 무언가를 마음에 담을 준비가 되었다면 깊이 또한 그만큼 절실히 다가오는 법 아닐까.

시간이 흐르고 많은 날이 지나 주변을 돌아보았을 때 가장 아름다운 곳에 있었으면 좋겠다. 매일매일 일어나는 아름다운 장면을 담을 수 있는 사람이 나였으면 좋겠다. 많은 것이 스쳐 지나가는 동안 내 마음에도 그만큼의 흔적들이 남았으면 좋겠다.

내가 드린 작은 마음이
큰 감사가 되어 돌아옵니다

3만 8000피트 상공의 비행기에서는 언제나 다양한 사람을 만난다.

가끔은 연예인이나 아나운서를 만날 때도 있고 초등학교 때 심하게 할퀴며 싸운 친구를 마주치기도 한다. 친구의 옛 여자 친구를 만나는 해프닝이 일어나기도 하며, 때로는 생각지 못한 상황이 벌어져 잊을 수 없는 장면을 맞닥뜨리기도 한다. 많은 사람과 만나고 헤어지는 비행의 일상에서 유독 마음에 다가오는 손님들이 있다.

첫 번째는 천사 같은 아기들이다. 살이 올라 팔다리가 포동포동한 아기들을 보면 너무나도 사랑스러워 어찌할 바를 모를 때가 많다. 조그만 표정 변화에도 배시시 웃어 주는 아기들은 내가 가장 환영하고 아끼는 '특급 손님'이다. 그리고 몸이 불편한 장애인 손님 역시 언제나 내가 먼저

다가서는 최우선 고객이다.

베트남 다낭으로 가는 비행기에 탑승한 가족이 있었다. 2A.B열에 아버지와 아들이 앉고 3A.B열에 어머니와 딸이 앉았다. 유상 서비스를 하는 중에 아버지가 아이들 과자와 음료를 주문했다. 그런데 씩씩하게 의견을 말하는 아들과 달리 누나로 보이는 딸은 손가락으로 과자를 가리킨다. 그리고 이내 어머니가 딸아이에게 수화로 말을 건넨다. '더 먹고 싶은 건 없어?' 딸아이는 고개를 저어서 없다고 대답한다.

서비스를 마친 뒤 복도를 오가는 동안에도 자꾸만 그 아이가 눈에 들어왔다. 혹여나 내 시선이 부담될까 봐 시선을 오래 두지 않다가 모든 서비스가 어느 정도 마무리되고 다른 손님들이 편히 쉬는 시간에 다시 아이에게 다가가 말을 건넸다. 대학 때 배워 둔 수화로 말이다.

"안녕. 내 이름은 정찬영이야. 오늘 만나서 진심으로 반가워. 여행 가서 맛있는 음식도 많이 먹고, 행복하고 즐거운 시간 보냈으면 좋겠다."

아이는 순간 당황하는 것 같더니 이내 웃음을 띠며 고개를 끄덕인다. 옆자리의 어머니도 한마디 거든다. 지금껏 여러 번 비행기를 타 봤지만 수화로 인사하는 승무원은 처음이라고, 너무 고맙다고, 그리고 소중한 추억이 될 것 같다고. 이후에도 복도를 오가며 아이와 여러 번 눈을 마주치고 인사를 나눴다. 다행히도 처음보다 밝아진 것 같아 내심 뿌듯했다.

어느덧 비행기는 베트남에 도착했고 앞쪽에 앉은 아이의 가족이 가장 먼저 내리기 위해 비행기 문이 열리기만 기다리고 있었다. 문이 열리고 손님들에게 인사드리기 위해 서 있는 나와 맨 앞에 선 그 아이가 정면으로 마주쳤고, 다시 한번 우리는 인사를 나눴다.

"잘 가. 나중에 다시 만났으면 좋겠어."

아이는 나에게 웃어 보이고는 비행기에서 내린다. 뒤이어 동생과 어머니가 감사하다는 말과 함께 내리고 마지막으로 아버지가 내리는데 갑자기 내 손을 잡으며 말했다.

"친구, 고마웠어요."

그 짧은 인사에 담긴 진심 어린 감정 그리고 아버지의 눈빛. 연이어 다른 손님들에게도 마지막 인사를 하는데 마음속에는 말로 표현할 수 없는 잔잔한 울림이 일고 있었다. 숨겨 두었던 무언가가 마음 깊숙한 곳에서 올라오는 기분.

언제나 그렇듯이 이번 비행 또한 내가 배려한 마음보다 훨씬 큰 것을 받은 기분이었다. 아주 작은 걸 전했을 뿐인데 언제나 너무나도 큰 감사가 돌아온다. 조금 더 일찍 말을 걸면서 더 필요한 건 없는지, 더 궁금하거나 원하는 건 없는지 물어봤으면 좋았을 것을…. 이내 후회가 되는 순간이었다.

그 뒤로도 줄곧 많은 장애인 손님을 모시고 비행한다. 말 한마디 못 나누는 상황에 직면하기도 하고 아무런 도움을 드리지 못하는 일도 빈번하다. 하지만 나에게는 유독 크게 다가오는 손님들이다. 그런 날은 비행에 더 집중하게 되고 그 손님에게 한 번 더 시선이 가고 괜히 근처에서 맴돌기도 하는 걸 보니 내가 아직 표현이 서툰 것 같다.

앞으로 또 어떤 손님들과 함께 할지 모르겠지만 언제나 그 순간이 기다려진다. 그분들에게 거부감 없이 조금이나마 더 편안히 다가갈 수 있는 승무원이 되기 위해 더 깊은 사람이 되고 싶다.

따스한 정이 밴 가족 여행은
사진으로 남기고 싶어집니다

승무원으로 일하면서 가장 큰 뿌듯함은 설렘을 안고 떠나는 이들과 잠시나마 같은 공간에서 함께 한다는 것 아닐까.

꿈처럼 설레지 않는 여행이란 것이 어디 있겠는가마는 유난히 가슴 따뜻해지는 순간은 '대가족 여행'을 마주할 때다. 할아버지 할머니, 아버지 어머니, 아들과 딸까지 3대가 함께 떠나는 여행은 각별하게 다가온다. 관광지보다는 휴양지를 찾아 오래도록 준비해 온 여행에서 가장 큰 수혜자는 단연 아이들이다. 한편 가장 행복해 보이는 쪽은 손자손녀와 함께 하는 할아버지 할머니다.

공항 게이트에서 비행기를 타러 오는 길. 할아버지 할머니 손잡고 걷는 아이들과 그 모습을 지켜보는 아버지 어머니 역시 한없이 즐겁고

낭만비행

뿌듯해 보인다. 누가 설명해 주지 않아도 모두가 아는 그 장면이야말로 '아름다움' 그 자체다.

유상 판매를 하면서 가족여행객 옆을 지날 때면 초롱초롱한 눈으로 과자를 쳐다보는 아이들의 시선을 느낀다. 이를 놓칠세라, 할아버지 할머니가 과자를 주문하신다. 너무 많이 사 주지 말라는 아버지 어머니의 만류는 그저 효과음일 뿐, 오직 아이들과 할아버지 할머니의 시간이 이어질 따름이다.

비행 시간이 깊어질 즈음이면 아이들을 안은 할아버지 할머니도 종종 보인다. 거칠고 앙상한 손으로 손주들을 하염없이 어루만지는 모습을 보고 있자면 차가운 겨울밤 안방 아랫목이 데워지는 것처럼 나도 모르게 마음이 따뜻해진다. 뭐가 그리 좋고 재미있는지 아이의 눈짓발짓 하나로 온 세상을 선물 받은 듯 미소 지으며 바라보는 모습이 내 마음을 훔치곤 한다. 정작 당신은 허리도 불편하고 무릎도 안 좋으면서 아이들만은 어떻게든 편하게 해 주려고 좁디좁은 자리까지 내주는 마음. '사랑'이라는 낱말로는 턱없이 부족한 '사랑 그 이상'의 마음이다.

유독 가족여행객이 많은 노선이 있다. 할아버지 할머니 어머니 아버지 이모 삼촌 손자 손녀와 떠나는 제주도가 대표적인데, 괌이나 사이판도 가족과 떠나기 좋은 여행지다. 요즘은 베트남도 가족여행지로 인기다.

하루는 멋지게 단체 티셔츠를 맞춰 입고 타는 손님들을 맞은 적이 있다. 환영 인사를 하며 자리를 안내하다 보면 고객의 표정과 모습만 봐도 그 설렘이 전해지곤 하는데, 청주에서 제주로 향하는 그 가족은 유독 기대와 떨림이 가득한 것으로 짐작해 보아 처음 아니면 아주 오랜만에 떠나는 여행 같았다.

유난히 흥이 많고 장난기 가득한 아버지. 태어나 처음으로 다 함께 비행기를 타고 떠난다는 그 가족은 어른 아이 할 것 없이 모두 얼굴 가득 행복한 모습이다. 아버지는 자리에 앉자마자 '비행기 화장실 한번 써 봐야겠다'면서 화장실을 찾는다.

그런데 동시에 옆에 앉은 아들이 하는 말.

"아빠, 조금 아까 화장실 갔다 왔잖아. 촌스럽게 왜 이래 정말."

말이 끝남과 동시에 주위에 앉은 할머니 이모 조카 할 것 없이 온 가족이 한바탕 웃음꽃을 피우고, 아버지는 머쓱한 듯 자리에 앉아 너털웃음을 짓는다. 아버지라는 이름으로 사는 동안 얼마나 무거운 짐을 지고 인내해 왔을까. 그 힘든 시간을 이겨 낸 뒤 이제 가장으로서 부모님 모시고 아이들과 함께 여행 떠나는 아버지가 참으로 자랑스러워 보였다. 그 후에도 가족은 비행기 창 밖으로 보이는 곳마다 어딘지 서로 묻고 답하며 즐거운 시간을 보냈다. 제주에 다다르기 전 섬 하나가 보였는데 아버지는 우도라고 하는 등 한 사람씩 다른 이름을 언급하며 의견이 분분했다. 마침 옆을 지나가다 추자도라고 설명해 드리니 아버지는 어쩐지 그럴 것만 같았다며 머쓱해했다.

그렇게 사소한 이야기에도 또 한번 함께 웃음을 터뜨리는 모습이 행복해 보였다. 가족 여행이란 역시 이런 거다! 말만 들어도 마음이 이리저리 살랑거리며 따뜻해지는 기분이 들었다. 문득 영화관에서 아르바이트하던 시절 감명 깊게 본 광고 문구가 생각난다.

'우리 엄마는 언제 영화를 보셨을까?'

그러면서 하루 종일 머릿속을 맴도는 말이 있다.

'우리 엄마는 언제 여행을 하셨을까?'

맛있는 음식, 멋진 풍경, 재미있는 체험.

이제 나 혼자만이 아닌, 가족들과 함께 하는 여행을 준비해야겠다.

낭만비행

저마다의 인생 이야기
이벤트 여행이 다시 설레는 이유입니다

승무원 시험을 준비하는 내내 항공사 관련 영상과 승무원들의 모습이 담긴 사진을 찾아보며 꿈을 키웠다. 그 무렵 유난히 마음 설렌 장면이 있다. 제주항공에서 제작한 '크리스마스 이벤트 비행' 영상이다.

크리스마스이브, 가족이나 연인 또는 친구들과 함께 하는 비행기에서 이벤트를 열어 손님들에게 간단한 선물을 나눠 준다. 그리고 목적지에 도착한 뒤 수화물 벨트에서 짐을 기다리자면 수화물에 이어 커다란 선물들이 함께 등장한다. 평상시 갖고 싶었던 장난감과 인형을 받고 너무나 행복해하는 아이들과 뿌듯해하는 부모님 그리고 온 가족과 커플에게 전해지는 다양한 선물과 작은 감동의 순간들.

바로 이거였다(!). '소소한 행복'을 전하는 이벤트를, 내가 승무원이 되어 직접 기획하고 진행해 보고 싶었다. 비싸거나 귀하지 않더라도 오랜 시간 간직할 추억의 한 부분. 여행의 시작과 끝을 함께 하며 평생 남을 감동적인 순간과 행복이 나로 인해 조금이나마 깊어졌으면 좋겠다고 생각했다.

마침내 상상으로만 그렸던 승무원이 되었고, 이벤트팀에 속해 내가 꿈꿔 온 장면을 펼칠 기회도 맞이했다. 하늘 위에서 멋진 서비스와 함께 이벤트를 진행하며 즐거운 시간을 보내고, 손님들의 이런저런 사소한 이야기를 들으며 낭만과 행복 가득한 곳으로 날아가는 시간. 즐거움과 행복을 인생의 모토로 삼아 많은 경험을 하고 싶은 나에게 이벤트 여행은 비행의 설렘을 느끼고 지루함 없이 즐기며 사랑할 수 있는 이유다.

또한 하늘 위에서는 다양한 인생 스토리와 사연을 만나게 된다.

2017년 9월 3일 저녁 인천에서 괌으로 가는 비행이었다.

간단한 퀴즈와 게임을 통해 손님들의 이목을 집중시키고 오늘의 메인 이벤트인 '희로애락 편지 이벤트 비행'을 소개한 뒤 원하는 분들에게 종이와 펜을 나눠 주었다. 이번에도 반응이 무척 좋았다. 거의 모든 손님이 사연지가 부족할 정도로 이런저런 사연을 적어 주었고, 이 중 네 편을 뽑았는데 재미있거나 감동적이거나, 그 내용은 실로 다양했다.

'배고프니 치킨을 주세요'라고 하소연하는 초등학생 글, 기내가 너무 답답하니 '창문을 만들어 달라'는 장난 섞인 글, 전날 여행 준비를 하다 부부싸움을 한 남편이 아내에게 보내는 사과 편지, 미래의 화가가 될 법한 아이들의 비행기 그림…. 그리고 유독 마음에 닿은 사연이 있었다.

제목은 '나쁜 딸'. 취업을 준비하는 여학생의 사연이다. 처음으로 어머니와 단둘이 떠나는 여행을 감행한 그녀가 취업 준비를 하며 차마 하지 못한 이야기를 용기 내어 꺼낸 글이었다.

낭만비행

우리 엄마는 1년 전 당뇨병에 걸렸습니다. 하지만 전 그 사실을 불과 몇 개월 전에야 알았습니다. 저의 취업 준비에 혹여나 방해가 될까 자식들에게 걱정을 주고 싶지 않았는지 엄마는 그런 사실을 숨겼고 저는 꿈에도 그런 사실을 알지 못했습니다.

학교 다니느라 서울에서 생활하는 저는 전화를 걸어 안부를 묻는 엄마한테 민감하게 반응하며 취업을 핑계로 짜증내고 화를 냈습니다. 열심히 노력해도 자꾸 떨어지고 그 누구보다 내가 가장 힘든데 취업에 대해 묻는 엄마가 싫었습니다.

어느 날 서울에 사는 이모와 밥을 먹다가 알았습니다.

"너희 엄마 많이 아파."

순간 무슨 이야기를 하는지 몰랐습니다.

"엄마가 왜? 감기 걸렸어?"

"아니, 당뇨병이야."

순간 머리가 띵해졌습니다. 아프다니, 그것도 많이…. 몇 개월이나 지난 일인데 저는 그제야 전해 들은 것입니다. 나만 힘들고 나만 아픈 줄 알았는데 우리 엄마가 그 누구보다 아팠던 것입니다. 그날 엄마 덕분에 저는 세상에서 가장 나쁜 딸이 되었습니다.

취업 때문에 엄마에게 화내고 짜증냈던 제 모습이 그렇게 한심하고 철없이 느껴질 수가 없었습니다. 혹여나 딸에게 피해 갈까 숨기고 숨기며 괜찮은 척한 엄마가 너무나 미웠습니다.

당장이라도 전화를 걸어 엄마의 목소리가 듣고 싶었지만 꾹 참고 집에 돌아와서야 전화를 걸었습니다. "여보세요."라는 엄마의 말에 힘들게 참았던 울음을 끝내 터뜨리고 말았습니다. 엄마는 그제야 제가 안 것을 눈치 채고는 괜찮다고 말했습니다.

괜찮긴 뭐가 괜찮아, 아프다며…. 엄마 많이 아팠다며. 왜 말 안 했어, 왜 말 안 했냐고. 아팠을 텐데, 힘들었을 텐데, 왜 나한테 아무 이야기 안 했는데…. 나 그동안 짜증내고 투정 부리는 거 다 받아 주면서 왜 정작 엄마는 자기 힘든 건 하나도 이야기 안 했는데….

끝내 서러운 눈물이 끊임없이 쏟아졌습니다. 그날 이후 매일같이 엄마를 위해 기도했습니다. 저의 기도 때문은 아니겠지만, 다행히 엄마가 완쾌되어 그 기념으로 지금 단둘이 여행을 떠나는 중입니다. 이 자리를 빌려서 엄마에게 미안하고 세상에서 가장 사랑한다는 말을 꼭 하고 싶습니다.

우리가 알지 못하는 저마다의 사연

2017년 하반기에는 꼭 취업에 성공해서 엄마와 함께 유럽 여행을 가고 싶다는 장문의 편지는 괌으로 떠나는 186명 손님 모두의 눈시울을 적셨다. 사연을 읽는 승무원들 또한 함께 울고 웃으며 대서양의 밤하늘을 날아갔다.

3만 8000피트의 태평양 하늘 어딘가에서 쓰인 편지와 같이, 다른 손님들도 저마다의 사연을 지니고 있다. 이벤트 비행은 다른 사람들의 이야기를 들으면서 비록 서로가 누군지 모를지언정 조금이나마 타인을 이해하고 다가갈 수 있는, 소위 '특별한 선물' 같은 시간이다. 한편으로 승무원인 나와 고객들이 하늘 위에서 특별한 추억을 남기는 순간이기도 한다.

목적지에 무사히 도착해서 가족들과 맛있는 음식을 먹고 평생 잊지 못할 추억을 사진으로 남기는 것은 모든 여행자가 바라는 의미이자 행복이다. 일상으로 돌아와서도 하루를 버티는 힘이 되어 줄 테니 말이다. 그런데 어쩌면? 하고 또다시 내 머릿속에 스치는 것이 있다.

낭만비행

그들의 여행 과정에서 잠시나마 함께 한 비행과 승무원들 또한 잊지 못할 추억으로 남을 수 있지는 않을까. 누군가의 기억에 남는다는 것, 그 추억을 떠올릴 때 미소 짓게 하고 마음 따뜻하게 하는 것은 더할 나위 없이 감사한 일이라고 생각한다.

비행 자체도 언제나 기다려지는 소중한 시간이지만 저마다의 진솔한 사연과 차마 꺼내지 못한 가슴속 이야기를 듣는, 울림 있는 이벤트 비행이야말로 내가 가장 사랑하는 비행 시간이다.

구름 위에서 적은 편지들, 그 안에 깃든 삶과 사랑.
결코 어느 것도 함부로 지나칠 수 없는 깊은 이야기.
오늘도 나는 승객들의 삶과 함께 하늘을 날아간다.

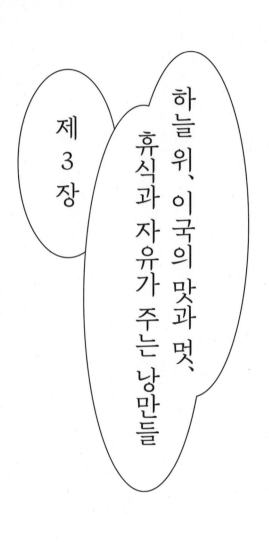

제 3 장

하늘 위, 이국의 맛과 멋,
휴식과 자유가 주는 낭만들

공항으로 향합니다
오늘도 설렘으로 가득합니다

듣기만 해도 기분 좋아지는 말들이 있다. 별다른 수식어가 필요 없는, 그 자체만으로 많은 것을 품은 낱말이다. 따뜻함, 낭만, 여행, 추억, 노을, 바다, 감동…. 듣기만 해도 설레는 말들.

이와 함께 내게는 특별하게 설레는 말이 하나 더 있다. 바로 내 삶의 일부분이 된 '공항'이다. 공항을 생각하면 나도 모르게 기분이 좋아진다. 어느 누군가에게는 기억하고 싶지 않은 이별의 장소일 수도 있겠지만 보통 사람들은 '공항'이란 말 자체만으로 가슴이 뛰지 않을까.

비행이 있는 날이면 출근해서 당일 비행에 관한 브리핑을 마친 다음 기장님, 동료 승무원들과 함께 셔틀버스를 타고 공항으로 간다. 비행에 필요한 정보를 익히기도 하고 휴식을 취하기도 하며 영종대교를 달려

공항으로 향한다. 그사이 친구나 지인들의 문자를 받을 때가 있다. 어디냐는 질문에 아무 생각 없이 공항 가는 길이라고 대답했을 뿐인데 '좋겠다' '부럽다' 등의 답장이 온다. 맞다. 공항은 그런 곳이다.

내 삶이 일상처럼 당연하게 느껴질 즈음이면 공항은 내게 말을 걸어온다. 자신은 바로 그런 곳이라고, 그 자리에 존재하는 것 자체로 기분 좋은, 공항에 간다는 말만 들어도 '좋겠다'는 탄성이 스스럼없이 나오는 곳이라고. 때로는 친구의 갑작스런 전화를 받기도 한다.

"나 여행 가려고 공항 왔는데 혹시 어디야?"

들뜬 마음은 전화기 너머로 고스란히 전해지고 공항에 오면 문득 내 생각이 나는지 갑작스런 연락은 고맙고 반갑기만 하다. 하지만 승무원이 공항에 머무는 시간은 그리 길지 않기 때문에 공항에서 잠시 얼굴을 보는 것도 쉬운 일은 아니다.

24시간 불이 꺼지지 않는 공항은 언제나 인파로 가득한 장소이다. 사람만큼이나 많은 캐리어와 짐이 빼곡하고, 여행객은 물론이거니와 누군가를 맞이하기 위해 나온 이들도 있다. 티켓 담당 직원분이 분주하게 일하고 공항을 깨끗이 관리하는 고마운 미화원분도 있다. 음식점과 면세점의 직원, 보안 검사 요원과 경찰, 강아지도 있다. 공항은 그렇게 수많은 사람이 모여 각자의 삶을 살아가는 곳이기도 하다.

나만 아는 낭만의 시작, 공항 가는 길

몇 년 전 몽골 여행을 떠나기 위해 공항으로 가는 길이었다. 여행의 시작은 어디부터일까 궁금해졌고 나름 여행의 정의에 대해 깊은 생각에 잠겼다.

'진짜 여행의 시작은 공항으로 가는 길 아닐까?'

캐리어에 짐을 한가득 싣고 공항 가는 리무진을 타노라면 아, 이제 진짜 여행 가는구나 하고 느낄 것이다. 이와 함께 여행을 결정하고 준비하는 설렘부터 여행 후 다시 일상으로 돌아와 여정을 떠올리며 하루하루 즐거운 기분으로 생활하는 것까지 모두가 여행이 주는 소중한 선물이다.

공항은 만남과 이별의 장소다. 시작과 끝의 장소이며 행복과 슬픔의 장소이기도 하다. 웃음과 눈물이 공존하고 떠나는 이와 남겨지는 이의 감정과 함께 모든 만물과 영혼이 교차하는 뜨거운 곳이다. 그런 곳을 매일같이 오간다. 별생각 없이 공항을 오갈 때도 있지만 내가 매일 출근하는 그곳이 많은 사람의 기억과 가슴 한편에 자리 잡은 장소임은 틀림없다.

오늘도 나는 공항 가는 길이다.

여행이 일상이네요?
언제 들어도 기분 좋은 질문입니다

여행이 소중한 이유는 단순히 아름답고 좋은 것만 보기 때문이 아니다. 반복되는 일상에서 벗어나 진정한 나와 마주하는 순간 내 삶의 이방인이 되기도 하며 내가 알지 못하는 나와 마주하고 이전에 보지 못한 세상과 장면들을 보며 오로지 나 자신에게 집중하는 시간, 이것이 여행이 주는 선물이자 기쁨이다.

비행이 직업인 나 역시 가끔은 '여행 간다'는 기분이 들 때가 있다. 새로 취항하는 나라로 떠나는 순간이 그렇고, 좋아하는 도시인 베트남 다낭에 갈 때면 도착해서 바로 맛볼 쌀국수와 돼지고기로 만든 스프링롤 등이 떠오르면서 호이안을 찾아 아름다운 야경을 볼 생각에 내심 기대에 부풀기도 한다.

최근의 홍콩 비행 일정도 그랬다. 침사추이 시내에서 운남 쌀국수를 즐긴 뒤 매일 밤 8시에 홍콩 빅토리아항 고층 건물들 사이로 펼쳐지는 음악과 레이저 쇼, 심포니 오브 라이츠를 감상하기도 했다.

해변이 아름다운 타이 푸켓 비행에서는 피피섬 투어를 하며 하루를 보냈고, 액티비티가 많은 라오스에 가서는 아름다운 절경을 헤치며 강을 내려오는 카야킹과 에메랄드빛 호수 블루라군에서 뛰어내리는 다이빙을 하며 순간을 즐겼다.

비행 가기 전이면 수영복과 선글라스를 제대로 챙겼는지 몇 번이고 확인하는데, 그동안은 내가 비행을 하는 건지 여행을 가는 건지 약간 헷갈릴 때도 있다. 도착지에서는 혼자 즐기는 경우도 많지만, 같은 편조(그날 비행하는 팀원)에 친한 선후배가 있다면 그야말로 날아가는 마음이 되어 비행 준비를 한다.

보통 해외 비행을 할 때는 체류하는 동안 호텔에서 휴식을 취하며 개인 시간을 보내는 경우가 많다. 그런데 친한 사람들과 함께 비행하거나 새로 취항하는 나라에 갈 때는 그곳에서 '여행자'가 될 생각에 마음이 들뜨곤 한다.

2017년 한여름 새롭게 취항하는 베트남 나트랑으로 비행을 가게 되었다. 평상시 가고 싶었던 여행지지만 아직은 많이 알려지지 않았는데 서서히 인기가 높아지면서 많은 사람이 가고 싶어 하는 해외 휴양지로 손꼽히는 곳이다.

한 달 전 다음 달의 스케줄 표를 확인하다 보니 나트랑 비행이 찍혀 있었다. 그것도 2박을 그곳에서 머무는 일정이다. 24시간 체류하는 해외 비행이 대부분인데, 운이 좋게도 2박4일로 48시간 동안 현지에서 지내는 꿀 같은 비행을 가게 된 것이다. 아무 생각 없이 함께 가는 편조를 확인한 순간 나도 모르게 소리를 질렀다. 친한 남자 동기와 함께 가는 비행이었다.

1000명이 넘는 승무원 중 남자 동기는 단 네 명. 평상시 가고 싶었던 곳을 2박으로 함께 한다는 것은 거의 불가능한 스케줄이었으므로 우리는 너무나도 설레고 흥분된 기분이었다.

이 비행의 기분을 비유하자면, 반복되는 일상으로 인해 하루하루가 조금 지루하게 느껴질 즈음 꼭 가고 싶었던 여행지에 갈 수 있는 기회가 생긴 상황이다. 그곳을 보내 주는 이벤트에 지원했는데 높은 경쟁률을 뚫고 무료 비행기 티켓을 선물 받은 것이다. 게다가 정말 친한 사람과 함께 갈 수 있는 '두 장의 티켓'까지 주어졌다. 이 순간의 기분이라고 표현할 수 있겠다. 한 달 내내 해당 스케줄만 기다리며 현지 맛집과 펍을 검색하고 관광 코스도 살펴보았다. 멋진 풍경이 펼쳐진 호텔 수영장에서 물놀이하며 서로 사진을 찍어 주고, 밤에는 나트랑 해변의 펍에 들러 야경과 함께 시원한 바람을 맞으며 맥주를 즐겼다.

사람들에게 해외 여행은 1년에 한두 번이고 이 또한 휴가철을 이용해 야심차게 계획해야 하는 큰 이벤트인 경우가 많다. 그런데 승무원은 비행을 마친 현지에서 자신의 시간을 보낸다. 비행 근무를 끝내면 다음 비행이 있을 때까지 현지에서 자유롭게 보내는 만큼 여행이 일상이 되는 순간이다.

일반적으로 24시간 체류하지만 그 이상의 긴 비행(2박 또는 3박) 일정이 나올 때면 가끔은 가족과 함께 일과 여행을 즐긴다. 때로는 현지 요리 수업을 듣거나 예쁜 카페를 탐방하기도 한다. 평상시 꿈꿔 온 혼자만의 시간을 자유롭게 보내는 것은 승무원이 누릴 수 있는 가장 큰 행운이자 행복이다.

심신의 균형이 필수인
스튜어드의 일상이 즐겁습니다

사회생활을 하면서 처음 만나는 사람에게 직업을 얘기해야 할 때가 있다.

"찬영 씨는 어떤 일을 하세요?"

"승무원이에요. 항공사에 다닙니다."

이 순간부터 다양한 질문이 이어진다.

"우와, 해외 여행 많이 다녀서 좋겠어요. 어디가 가장 좋아요?"

"비행기 타는 게 쉬운 일은 아닐 텐데 많이 힘들진 않나요?"

"남자 승무원은 처음 만나 보네요."

"예쁜 여성들하고 일해서 좋을 것 같아요."

물론 이 모두가 틀리거나 뜬금없는 말이 아니다. 해외에 자주 나가고 취항지가 많다 보니 맛있는 음식과 관광지 중심으로 어느 나라가 좋은지 추천해 줄 수도 있다. 그 나라에 가면 꼭 들러야 하는 맛집과 필수 쇼핑 아이템은 물론 현지인만 아는 특별한 장소 등 많은 정보를 공유할 수도 있다.

그런데 '어디든 떠날 수 있는 직업이라니, 너무 낭만적이에요'라는 감탄처럼 해외여행을 자유롭게 한다는 이유로 무조건 이상적인 직업이 될 수는 없다. 비행기를 타는 것 자체가 힘든 사람도 있고 시차 적응도 힘들고 야간에 하늘을 오가며 수시로 느끼는 압력 차이 때문에 체력이 저하되기도 하지만 사실 가장 힘든 점은 사람들과의 관계일 것이다. 비행 자체보다는 정답 없는 사람 관계의 복잡함이 더 힘들다.

우리는 처음 만나는 사람들과 비행하기도 한다. 스케줄 근무이다 보니 손님뿐 아니라 동료끼리도 처음 보는 사람들과 비행할 때가 있는데 보통 같은 질문을 하고 같은 대답을 한다.

"내일은 어디로 비행 가십니까?"

"선배님 식사는 하셨나요?"

"스케줄 잘 나왔습니까?"

"오프는 몇 개입니까?"

좁은 공간에서 어색하게 지내지 않으려면 공통된 대화가 필요한 법, 이는 가장 평범한 승무원 대화 기법이다. 질문을 받는 사람도 수없이 받은 질문이고 정말 궁금한 게 아님을 알지만 그들도 후배 때는 어색함을 똑같이 느꼈고, 대화는 처음 보는 사람들과 서로를 알아 가기 위한 질문을 시작으로 자연스럽게 오가기 마련이다.

이렇듯 처음 만나 서로가 적응하고 어느덧 친해질 때쯤 그 비행은 마무리가 되고, 기약 없는 다음 비행을 고대하지만 워낙 승무원이 많다 보니 같은 팀이 아닌 이상 또 다른 비행에서 만나는 게 쉽지는 않다.

무조건 낭만적이진 않은 법

승무원이란 직업상 이미지가 좋은 분이 많은 건 사실이다. 이런 분들과 근무해서 좋겠다고 부러워하지만 매일 보면 그저 동료로만 느껴진다. 아마 잘생긴 남자 승무원을 보는 여자 승무원들도 비슷한 마음일 것이다.

직업 특성상 유니폼을 입고 다녀야 해서 사람 많은 곳을 지나갈 때면 시선을 한몸에 받기도 하고, 출퇴근 시 이용하는 리무진과 지하철에서도 바른 자세를 유지해야 하며, 언행을 바르게 해야 하는 부담감도 없지 않다. 이렇듯 항상 좋아 보이는 것들도, 그게 무엇이든 자세히 들여다보면 나름의 고충이 있기 마련이다.

남자 승무원은 항공사 전체 인원 중 10~20퍼센트인데, 채용이 꾸준히 늘면서 남자 승무원에 대한 수요 또한 증가하고 있다. 그만큼 지원자도 많아지는 상황이다. 남자 승무원은 인원이 적다 보니 눈에 띄기 마련이라 내가 아는 사람보다 나를 아는 사람이 더 많고 내가 아는 나의 이야기보다 내가 알지 못하는 나의 이야기가 여기저기서 들려올 때도 있다. 작은 실수와 해프닝, 소문은 살이 붙고 붙어, 인천에서 시작해 일본 오사카를 돌아 필리핀을 거치고 방콕을 돌아 괌에서 다시 한국으로 돌아오기까지 단 하루면 충분하다. 어쩌면 그 시간도 길다.

이렇듯 누군가의 이야기가 전 세계로 퍼져 나가고, 지난 이야기가 끝나면 어김없이 또 다른 이야기가 등장한다. 언제나 그랬듯 새로운 주인공이 등장했다가 이내 사라진다. 그렇게 바람을 타고 시간과 함께 모든 것이 흘러간다.

물론 힘든 점도 많지만 분명 좋은 점이 훨씬 많다. 무엇보다 단정한 외모와 스타일을 유지하기 위해 자기 관리를 하는 것은 피곤할 수도 있지만, 어쨌든 항상 자신을 가꾸는 것은 좋은 일이다. 남자 승무원은 해외에 체류할 때도 조깅과 근육 운동으로 몸을 만드는데 이런 생활 패턴 덕분에 또래보다 동안인 경우가 많다. 비행 후 연장 근무나 회식은 아주 먼 세상 이야기이며, 가끔 도착 시간이 늦어지는 추가 비행 시간 말고는 더 해야 할 일이 많지 않다. 비행 시간이 끝나면 온전히 내 시간인 셈이다.

여성이 많은 분야다 보니 상대적으로 여자 승무원보다 편한 환경에서 근무하는 것도 사실이다.

기내에서 일어나는 각종 돌발 상황도 남자 승무원이 나서면 순조롭게 해결되는 경우가 있고 무거운 짐을 들어야 하는 일도 신속하게 해결한다. 남자 승무원은 처음 본다고 신기해하며 멋지게 생겼다고 후한 격려를 해 주시는 손님도 적지 않다. 수학여행 떠나는 학생들과 비행할 때면 잠시 연예인을 간접 체험할 정도의 시선을 받기도 한다.

SNS나 지인을 통해 남자 승무원에게 궁금한 점을 묻기도 한다. 누군가 남자 승무원을 준비해 볼까 고민한다면 나는 무조건 준비하라고 대답한다. 인생을 즐기며 다양한 세상과 삶을 접할 수 있기 때문이다.

수시로 변하는 스케줄 근무와 비행 생활 패턴이 몸에 맞는다면 자기 시간도 많고 넓은 시야와 경험을 통해 다양한 인생 경험을 쌓을 수 있다. 남자 승무원만의 이야기는 아니지만 오랜 세월 일하며 살고 싶다면 꼭 고민해야 할 문제다. 어느 직업이든 장단점이 있거니와 그 무엇이든 옳고 그름이 공존하기 마련이다. 승무원도 마찬가지다. 그럼에도 불구하고 그 어느 분야와 견주어도 손색없는 매력적인 직업임은 틀림없다.

삶을 여유롭게 즐기는 청춘의 시간을 원한다면,
그 직업 중 하나는 역시 남자 승무원이라고 자신 있게 말해 주고 싶다.

수많은 표정을 바라보는 시간
하늘 위의 역할이자 특권입니다

다양한 사람이 다양한 목적으로 이용하는 비행기는 그 안에서 볼 수 있는 모습도 가지각색이다. 여행으로 가는 길목, 비행기에 탑승하는 손님들은 과연 무엇을 하며 시간을 보낼까? 지켜본 모습들을 나열해 보았다.

1. 맛있는 것을 먹을 때가 가장 행복한 순간

비행하는 시간에 치맥을 즐겨 본 경험이 있는가? 스낵과 맥주는 비행 시간에서 빠질 수 없는 친구 같은 존재이다. 얼큰한 컵라면을 먹은 다음 커피 혹은 차, 주스를 마시거나 아이스크림을 먹는 등 쉴 틈 없이 음식을 찾는 분이 꽤 많다. 이렇게 먹다 보면 어느새 목적지에 도착한다(단, 기내에서의 과음과 과식은 몸에 해로울 수도 있습니다).

2. 비행 시간을 온전한 휴식의 시간으로 활용한다

적절한 온도와 주기적으로 공급되는 신선한 공기, 잔잔한 말소리….
여행을 마치고 고단한 몸으로 비행기에 오른 분들은 자리에 앉자마자
스르르 잠이 든다. 비행기 엔진 소리를 자장가 삼아 숙면을 취하는 분도
자주 목격한다. 입을 크게 벌리고 자는 웃지 못할 장면을 목격하기도
하고, 푹 자고 일어나는 순간 승무원과 눈이 마주치면 서로가 어색해
하기도 한다. 침을 흘리며 자다가 눈을 뜨면 민망한 마음에 주위를
두리번거리며 누가 안 봤겠지 하는데, 아쉽게도 다 보았습니다.

3. 어느 때보다 소소한 대화가 즐거워진다

비행기에 오르자마자 수다 삼매경에 빠지는 손님들도 있다. 주제는
수시로 변하고 등장인물도 제한이 없다. 평상시 하지 못한 이야기가 끝도
없이 이어진다. 여행 일정을 의논하는가 하면 그동안 살아온 이야기를
나누느라 쉴 틈이 없다. 혼자여도 문제없다. 옆자리에 앉은 분과 누구나
좋아하는 여행 이야기를 시작으로 고민과 깊은 이야기까지 쏟아 낸다.
비행기는 낯선 이하고도 쉽게 친해지는 신기한 장소다.

4. 나만의 작은 영화관이 마련된다

"방콕까지 가는 여섯 시간이 이렇게 짧았어요?"
그동안 놓친 드라마를 보던 손님이 한 말이다. 드라마를 보며 웃고 웃는
동안 여섯 시간이 마치 60분처럼 느껴졌을 법도 하다. 지루함을 없애기
위해 휴대전화와 노트북에 영화와 예능, 그동안 놓친 드라마를 담아 오는
현명한 분이 많다. 나도 복도를 지나다 관심 있는 영상이 눈에 들어오면
잠시 멈춰 감상하며 함께 웃은 적도 있었다(한국으로 돌아오는 손님들이

대부분 잠드는 한적한 시간에만 가능한 일이다).

5. 책 한 권에 빠져든다
참 아름다운 모습이다. 불 꺼진 기내에서 은은한 개인 라이트를 켜 놓고 책 읽는 분들은 솔직히 참 멋있다. 보통 한 비행에서 서너 분(오로지 개인적인 평균이다) 정도 목격하는 일인데 다가가서 읽는 책에 대해 물어보면 스스럼없이 추천해 주거나 추천할 수 없는 이유를 들려준다. 평상시 책을 즐기는 내게 이런 대화는 비행을 즐기는 또 하나의 방법이다.

6. 어린 손님들은 울면서 새 환경에 적응한다
울어야 살 수 있다. 오로지 울음만이 목적이다. 할 말은 많은데 내 마음을 담아 표현할 낱말을 찾지 못한 사람이 할 수 있는 유일한 방법이다. 바로 천사 같은 아기 손님들이다. 보통 배가 고프거나 실례를 했을 때 즐겨 하는 표현이기도 하다. 비행기가 급하게 고도를 바꿔 올라가거나 목적지 도착 전에 고도를 낮추면 그 압력 때문에 고막이 약한 손님이나 유소아는 귀가 멍멍해지거나 그로 인한 통증을 느끼기도 한다. 다행히 비행기가 지상에 착륙하여 일정 시간이 지나면 자연스레 나아진다.

위의 여섯 가지는 승무원인 내가 가장 많이 보는 장면이다. 그 밖에 노트북을 열고 업무를 보거나 공부하는 손님도 있고, 깊은 생각에 빠진 듯 창밖을 보며 혼자만의 시간을 갖는 손님도 있다. 이들을 유심히 관찰하노라면 그 전에는 보지 못한, 깨닫지 못한 장면들이 보인다. 그리고 평화로운 기내의 분위기에 빠지는 순간 왠지 모르게 흐뭇한 미소를 짓게 된다.

하늘 위 공연장
이곳에선 저도 모르게
멋진 배우로 변신합니다

하늘 위에서 마술을 보는 건 어떤 기분일까? 멋진 승무원 화가를 만나 그림을 선물 받거나 하늘의 계시를 받아 타로점을 보며 나의 인생 고민을 들어 주는 신통한 도사님을 만나면 어떤 기분이 들까? 찢어진 신문지가 눈 깜짝할 사이에 원래 상태로 돌아가고, 내가 본 물체가 사라졌다 순식간에 나타나는 말로는 설명할 수 없는 장면을 보며 감탄을 연발한다.

우쿨렐레 연주를 하거나 휘황찬란한 말솜씨를 뽐내면서 손님들의 사연을 받아 라디오 디제이처럼 들려주는 이벤트팀도 있고, 하늘의 모습과 야경을 설명해 주는 아나운서 같은 승무원을 만날 때도 있다.

빙고 게임에 빠져 적적한 비행이 시간 가는 줄 모를 만큼 즐거워지는 신기함을 경험하기도 한다. 가위바위보 게임을 하거나 퀴즈 게임을 하는 비행기에 탑승하면 나도 모르는 사이 가위바위보하는 나 자신을 맞닥뜨린다. 처음엔 좌석에 몸을 기댄 채 관심 없다는 표정을 짓지만 하나 둘 머리 위로 손을 들다가 어느새 1등을 노리고 열렬한 사투의 장에 참여하게 된다.

예를 들어 일본 비행이면 그 노선에 맞는 일본어 특화 이벤트가 있다. 프러포즈 이벤트, 리마인드 웨딩 등 즐거움과 감동이 있는 장면도 이어진다. 풍선으로 아이들에게는 귀여운 강아지와 곰을 만들어 주고, 어른들에게는 예쁜 꽃팔찌를 선물하기도 한다.

우리 항공사는 다른 곳에 비해 이벤트가 많다. 만우절, 할로윈 등 1년 내내 다채로운 이벤트가 이어지므로 비행기에 탑승하여 방심은 금물이며 혹시나 하는 기대는 바람직하다. 대부분의 승무원이 기내 이벤트 역량을 갖추고 있을뿐더러 승무원도 동료들이 무슨 이벤트에 어떤 분장을 하고 등장할지 내심 기대하는 터라 언제든 상상 이상으로 기발하고 재밌는 모습들이 연출된다. 이런 'Day 이벤트'는 모든 승무원이 참가하는 경우가 많아 상상을 초월하는 재미가 끊이지 않는다.

하늘 위에서 진행하는 정기 이벤트는 여덟 개 이벤트팀이 비행이 없는 날 머리를 맞대고 연구하며 준비한다. 이벤트팀이 탑승하는 비행기에 오른 손님은 아주 운이 좋은 선택받은 사람들이다.

승무원은 하늘 위의 마술사가 되고, 아나운서가 되고, 화가가 되고, 연주자가 되고, 감동 이벤트를 돕는 프로도움러가 되고, 인생을 내다보는 도사님이 되면서 자신의 재능도 살리고 손님들에게 감동과 재미를 주는 비행을 하고 있다.

나도 이 중 한 팀에 소속되어 매달 이벤트 비행에서 진행을 맡는데, 비행 전날이면 손님들에게 들려줄 좋은 글귀나 재밌는 멘트를 준비한다.

정말 분위기가 좋아 열렬한 환호를 받기도 하지만, 멘트가 끝났는데도 묘한 기류가 맴돌면서 주위가 썰렁해져 얼굴이 빨개질 때도 있다. 그래도 처음보다는 실력이 좋아져서 지금은 능수능란하게 묘한 분위기도 잘 넘기는 것 같다.

하늘 위에 마련된 공연장에서 또 어떤 관객들을 만날지 기대된다.

Welcome to our event flight.

며칠간의 오프 데이 Off Day
즉흥 여행을 떠나렵니다

내일 일본 비행만 끝나면 3일 오프가 이어지는 기분 좋은 스케줄이다. 연속되는 퀵턴(quick-turn, 당일 돌아오는 일정) 비행으로 온몸이 피곤한 데다 내 안에 새로운 무언가를 채우고 싶었다.

그런 마음으로 집에 돌아와 씻고 자리에 누웠는데, SNS에 올라오는 제주도 날씨가 그야말로 환상이었다. 문득 제주에 가고 싶다는 생각으로 당장 컴퓨터를 켰다. 여행 가기로 마음먹고 직원 티켓을 구매하기까지 단 5분도 걸리지 않았다는 사실을 다시 침대에 누워서야 알았다. 이후 제주 전통 돌담을 갖춘 멋진 숙소를 예약한 뒤 렌터카 업체를 운영하는 지인에게 메시지를 넣어 두었다.

이로써 여행을 위한 모든 절차는 끝. 음식과 카페는 제주에 가서 결정하기로 했다. 그냥 해안도로를 드라이브하다 좋은 곳이 보이면 들어가고, 차에서는 성시경의 〈제주도의 푸른 밤〉을 들을 생각이었다.

떠나요 둘이서 모든 것 훌훌 버리고 제주도 푸른 밤 그 별 아래
이제는 더 이상 얽매이긴 우리 싫어요 신문에 TV에 월급봉투에
아파트 담벼락보다는 바달 볼 수 있는 창문이 좋아요
낑깡밭 일구고 감귤도 우리 둘이 가꿔 봐요
정말로 그대가 외롭다고 느껴진다면
떠나요 제주도 푸른 밤 하늘 아래로
떠나요 둘이서 힘들 게 별로 없어요 제주도 푸른 밤 그 별 아래
그동안 우리는 오랫동안 지쳤잖아요 술집에 카페에 많은 사람에
도시의 침묵보다는 바다의 속삭임이 좋아요
신혼부부 밀려와 똑같은 사진 찍기 구경하며
정말로 그대가 재미없다 느껴진다면
떠나요 제주도 푸르메가 살고 있는 곳

본래 좋아하는 음악은 질리도록 듣는 편이라 이틀 동안 내내 함께 할 터였다. 나의 제주 여행 계획은 단 한 시간 만에 마무리되었고, 1박2일 동안 제주에서 그동안 쌓인 피로와 스트레스를 과감히 내려놓았다.

살다 보면 가끔 어디론가 훌쩍 떠나고 싶을 때가 있다. 혼자여도 좋고 사랑하는 친구와 연인, 가족과 함께 해도 좋다. 하지만 그 준비와 절차는 사실 보통 일이 아닐 수도 있다. 고맙게도 승무원은 떠나고 싶을 때 어디든 쉽게 떠날 수 있다. 물론 여행지에서 한없이 머물고 싶지만 다음 비행을 위해 제자리로 돌아와야 한다.

오늘의 날씨를 바꾼다?
승무원의 '조커 찬스'입니다

2017년 1월 15일 현재 대한민국은 체감온도 -20도를 기록했다. 연이은 최강한파로 온 땅은 물론 한강마저 꽁꽁 얼어붙었다. 가축이 동상에 걸리는가 하면 비닐하우스가 주저앉고 수도관이 동파했다. 시베리아 못지않게 추운 날은 따뜻한 방 안에서 보고 싶은 영화나 밀린 드라마, 책 등을 보며 귤을 까먹는 게 가장 좋은 대처법일 것이다.

조금 미안한 이야기일 수 있으나 이 무서운 최강한파에 승무원에게는 또 하나의 찬스 아닌 찬스가 주어진다. 따뜻한 나라로 비행하는 것이 결국 한파를 피하는 가장 좋은 방법이 되기 때문이다. 이처럼 동남아로 비행하는 행운은 최근 내게도 자주 찾아온다(운이 좋게도 현재 필리핀 세부에 체류하는 중이다).

동남아시아에 머물기 때문에 추위를 직접 느끼진 못하지만 연이어 들려오는 뉴스와 SNS 사진, 메신저와 온라인 대화방에서도 한국이 얼마나 극심한 추위에 시달리는지 알 수 있다.

하지만 내 현실의 장소는 영상 28도의 따뜻한 나라 필리핀이다. 혹시 모를 선선한 날씨를 대비해 가져온 카디건도 필요 없을 정도의 더위다. 조금만 걸어도 땀이 나고 선크림이 필수일 만큼 강한 햇빛을 피해야 하는 상황. 이렇듯 추운 겨울이 오면 본의 아니게 따뜻한 나라로 '피신 아닌 피신'을 가곤 한다.

운이 모자라 국내선 비행이 이어진다면 강한 바람과 영하 10도를 밑도는 추위를 온몸으로 느껴야 하겠지만, 만약 조금만 운이 따라 준다면 최강한파를 피할 수 있다. 따뜻한 나라에서 땀 흘리며 조깅하거나 햇빛을 받으며 편안한 휴식을 취하는 것이다. 이야말로 승무원만 누릴 수 있는 조커 같은 찬스다. 단, 다음 날 한국으로 돌아오면 급격한 기온 차로 인해 추위가 배가되는 불상사를 맞을 수도 있다.

그래도 나는 어릴 적 50원짜리 동그란 초콜릿 안에 숨어 있는 '하나 더'라는 낱말을 기다리듯 겨울철 따뜻한 나라로의 도피를 즐기는 중이다.

야경이 아름다운 홍콩
가로등 불빛마저 묘한 감동을 전합니다

야경을 담고 싶었는데 카메라에 담긴 건 검은 하늘과 내 모습뿐. 겨우 기억하고 싶은 모습을 담았다 해도 그 순간의 감정을 제대로 담아내지는 못했다. 그때부터 눈으로만 담기로 했다.

시간이 깊어지면서 주변이 어둠으로 물들어 간다. 그 밝던 세상이 점점 어두워지면서 거리는 은은한 데커레이션 조명으로 가득한 거대한 카페가 된다. 가볍게 불어오는 선선한 바람을 맞으며 가로등 밑 벤치에 앉아 커피를 마셔 봤다면 말로 표현할 필요조차 없는 그 이색적인 감동을 충분히 공감할 것이다. 무엇을 배치해도 아름답게 만들어 주는 배경.

밤은 누군가의 마음을 훔치기에 정말 완벽한 시간이다. 그 누구나 로맨틱 가이가 될 수 있고 상대방의 부족한 것은 가려 주며 예쁘고 좋은 것만 보이게 하는 마법 같은 시간을 만든다. 한층 더 멋지고 아름다운 모습으로 우리를 가꿔 준다. 그러니 여행지에서는 사랑이 시작되고 진행 중인 사랑은 더욱 깊어질 수밖에.

야경을 배경 삼아 선선한 바람을 맞으며 맥주 한잔 하노라면 술에 취하는지 야경에 취하는지 모를 정도로 "그래, 이것이 인생이다."를 연발하기 마련이다. 아직 인생을 잘 모르는 나조차 절로 인생을 알 것만 같은 시간이다.

전 세계 어딜 가든 최고의 야경으로 인정받고 뽐내는 다양한 스폿이 존재한다. 오사카 시내가 한눈에 내려다보이는 우메다타워도 있고 새벽 3시경 몽골의 사막에서 올려다본 하늘 역시 감탄을 금치 못할 만큼 아름답다. 수천 개의 선명한 별이 빼곡한데 말 그대로 숨이 막힐 듯한 야경이다. 하와이 노스쇼어의 짙은 노을빛도 그렇고, 방콕의 낭만을 보여 주는 시로코도 마찬가지다.

우리는 야경을 보기 위하여 좀 더 높은 곳에 오른다. 높이 올라가 내가 그동안 존재해 온 곳을 바라볼 때 비로소 그 자리가 얼마나 아름다웠는지 새삼 느낀다. 그 안에서 아등바등 경쟁하고 다투며 살았던 내 모습이 보이고, 별로 중요하지도 않은 문제에 연연하며 보낸 시간과 한낱 보잘것없는 자존심 때문에 다른 사람을 아프게 한 자신을 발견한다.

한 걸음 떨어져야 보이는 것들이 있다. 도시의 야경도 사람 관계도 똑같다. 한 발짝 떨어져 바라볼 때 좀 더 객관적이고 넓은 시야를 가질 수 있다. 그리고 결국은 모든 것이 참 아름답다는 생각에 이른다. 내가 사랑한 그 사람, 그 시간과 공간이 다시 보이는 것이다.

때로는 한 걸음 뒤에서 돌아볼 필요가 있다. 내가 지나온 저곳이 얼마나 아름다운 곳인지, 내가 사랑한 그 사람이 얼마나 좋은 사람인지

낭만비행

새삼 실감하는 순간이다.

밤 풍경을 이야기하다 보니 '야경의 성지'라 불리는 나라가 떠오른다. 승무원들에게 가장 인기 있는 노선이자 누구나 가고 싶어 하는 도시, 바로 홍콩이다. 나 또한 언제나 가고 싶은 취항지이며 그만큼 홍콩의 밤을 빼놓고는 야경을 이야기할 수 없다. 아름다움을 바라보는 눈은 모두 비슷한 것 같다.

운동복만 입는 평상시 비행과 달리 깔끔하게 차려입고 멋부리는 몇 안 되는 레이오버 장소이기도 하다. 중국 같지만 서양 같은, 새 건축물과 오래된 건축물의 조화가 이상하리만큼 잘 어우러진 도시. 비행 시간도 3시간 30분 정도로 길지 않은 데다 한국인의 입맛에 맞는 음식 또한 한가득이다.

야간 비행으로 홍콩에 도착하면 현지 시각은 오전 2시경이 된다. 호텔로 이동하는 셔틀에서 자욱하게 깔린 어둠 사이로 반짝이는 항만의 불빛을 바라볼 때면 그 속으로 빨려 들어갈 듯 심취되고 만다.

처음 홍콩에 도착했을 때는 그 장면을 오래 간직하고 싶어 서둘러 카메라에 담았다. 차창 밖으로 스쳐 지나가는 장면들을 내 눈과 마음으로 직접 감상하지 못한 채 카메라 렌즈를 통해 바라보았고, 이후 다시 확인할 즈음이면 순간의 그 감성은 사라지고 어설픈 밤과 불빛들만 남았다.

그때 그 감정을 카메라에 담고자 한 것은 단순한 욕심이었을 것이다. 분위기와 감성을 충분히 느끼지 못할 바엔 사진을 찍는 대신 그냥 그 자체를 온전히 바라봤어야 했다. 이런 사실을 깨달은 뒤로 야경을 바라볼 때면 어떤 불필요한 행동도 하지 않는다. 카메라는 잠시 쉬게 한다. 그저 눈과 마음으로 그 한순간을 온전히 느낄 뿐이다.

그럼에도 불구하고 홍콩의 야경은 '스며듦'이다

침사추이의 웅장한 빌딩에서 뿜어내는 불빛도 근사하지만, 거리 한편에 홀로 서 있는 가로등의 은은한 불빛이야말로 남다른 운치가 있다. '나 여기 있어요. 여기 보세요'라고 말하는 화려한 네온사인 불빛과 대조적인 모습이다. 이 둘의 조화가 홍콩을 사랑하도록 점점 스며들게 한다.

도심의 화려한 야경을 좋아하는 사람은 여전히 많겠지만, 요즈음의 나는 조용히 자리를 지키고 선 항만의 가로등 불빛이 좋다. 차분하고 아름다운데 정작 자신은 그 아름다움을 모르는 소녀 같다. 화려함보다는 수수함이 사랑스럽고, 그래서 계속 보고 간직하고 싶은 어릴 적 우리의 모습과도 닮았다. 아무리 노력해도 흉내 내거나 그 멋을 대신할 수 없다.

대한민국의 진짜 야경도 한적한 골목을 밝히는 가로등 불빛이 아닐까. 그 빛을 멍하니 바라보며 잠들고 싶은 밤이다.

낭만비행

아는 만큼 보이고
먹는 만큼 더 아는 법일까요?

어른이 되면 많은 일에서 행복을 느낄 수 있을 줄 알았다. 거창하고 화려한 장면을 경험하며 넓고 다양한 세상의 풍경들을 보고 즐기노라면 그저 행복할 줄 알았는데 막상 내가 무엇에 풍족하고 행복한 기분을 느꼈는지 생각해 보자면… 일상에서 오는 사소함과 소박함에서 갖는 삶의 만족만 한 것이 없다는 생각이 든다.

무엇보다도 예전이나 지금이나 변함없이 가장 기분 좋아지는 순간은 역시 '맛있는 음식을 먹을 때'다. 나는 유독 먹는 걸 좋아한다. 수도권 근교의 맛집을 찾아다니며 굳이 맛을 확인하는가 하면 좋아하는 음식 역시 곱창, 회, 찜닭, 칼국수, 감자탕, 삼겹살, 닭볶음탕 등 끝이 없을 정도다.

승무원은 세계 여러 나라의 맛있는 음식을 먹어볼 수 있다. 여행에서 중요한 포인트는 유적지일 수도 있고 레저스포츠나 그 나라에서만 즐길 수 있는 특별한 체험일 수도 있으며, 화려한 경치와 야경 그리고 아웃렛의 명품 쇼핑일 수도 있다. 저마다 그 목적과 가치가 다를 텐데 나에게 가장 중요한 여행 포인트는 역시 음식이다. 평상시 비행을 하며 동료들에게 전해 들은 세계 각국의 맛집을 메모장에 적어 두거나 SNS에 올라온 소문난 음식들을 휴대전화에 고이 저장해 두기도 한다. 기다리고 기다리던 나라의 스케줄이 나올 때면 비행 전에 그 목록을 정리해서 음식 리스트를 만들어 본다.

현지의 베테랑 요리사가 직접 만들고, 딱히 유명하지 않다고 해도 그 나라의 정취가 담긴 식당에서 평상시 상상만 하던 음식을 직접 맛본다는 것은 여행에서 빼놓을 수 없는 행복한 시간이다. 동남아에서 쉽게 접할 수 있는 길거리 음식도 그중 하나다.

맛의 나라 베트남

베트남은 여행자들이 인정하는 미식의 나라다.

얼마나 오랜 시간 우려냈는지 모를, 진한 국물이 그야말로 일품인 쌀국수 포(pho), 돼지고기와 채소로 만든 베트남식 군만두 짜조(cha gio), 프랑스의 바게트 빵에 맛있는 소스를 곁들인 바인미(saigon baguette) 샌드위치, 쌀가루 반죽에 각종 재료를 넣고 널찍하게 부쳐 낸 바삭한 반쎄오(banh xeo) 그리고 쌀국수 면에 숯불에 구운 돼지고기와 채소를 곁들여 먹는 음식으로 숯불갈비를 냉면에 싸먹는 맛과 닮은 분짜(bun cha)…. 모두 한국인이 좋아하는 베트남 음식이다.

내가 비행을 가면 빼놓지 않고 방문하는 식당이 있다. 다낭 노보텔

낭만비행

뒤편에 위치한 쌀국숫집이다. 두 집이 붙어 있는데 한 집은 오로지 쌀국수만 팔고 다른 한 집은 쌀국수와 짜조를 함께 판다. 다낭에 간다면 이곳을 찾아 꼭 베트남 쌀국수의 깊을 맛을 보았으면 한다.

맥주 애호가인 여행자라면 현지의 비아사이공이나 비아하노이 맥주를 곁들여 마셔보길 권한다. 베트남 음식을 제대로 맛볼 수 있는 또 하나의 방법이자 애주가들이 말하는 음식에 대한 예의이기도 하다.

식사를 마친 뒤 베트남 콩 카페에서 마시는 코코넛 스무디를 빼먹으면 아주 많이 섭섭하다. 현지인보다 한국인 여행객에게 더욱 유명한 콩 카페의 가장 큰 특별함은 분위기다. 다락방처럼 에틱(ettic)한 분위기와 벽에 걸린 다양한 소품이 신선함을 더해 준다. 아기자기한 작은 테이블과 유치원 때 앉아 봤을 법한 의자들도 놓여 있다. 음료의 맛도 맛이지만 감성적인 소품들이 일상을 벗어나 옛 정취에 젖게 한다. 이와 더불어 커피계의 거장 G7의 그윽한 향을 즐겨 보자. 지상낙원이 따로 없다.

길거리 음식과 볶음 요리의 대가, 타이

내가 가장 좋아하는 타이 현지 음식은 팟타이(pad thai)다. 한국의 볶음면과 비슷하기도 한데, 달걀과 숙주나물을 함께 볶으며 취향에 따라 해산물이나 돼지고기를 넣어 만든 팟타이는 내 입맛에 딱 맞는 음식이다. 레스토랑에서 먹는 것도 맛있지만 사위가 어두워지면서 등장하는 거리 곳곳의 상점을 찾아 주문하고 길거리를 거닐며 먹는 것 또한 현지풍 맛이 더해져 이색적이다.

파인애플과 채소를 함께 볶아서 파인애플 껍질에 담아 주는 볶음밥 카오팟(khao phat)도 한국인이 찾는 인기 음식이다. 공심채(채소)를 다진 마늘에 볶아 만든 모닝글로리(phak bung fi dæng)를 함께 주문한다면 2퍼센트 부족한 입맛이 꽉 채워질 것이다. 꽃게찜에 커리를 섞어 만든 푸팟퐁커리(poo phat pong curry)는 별미 중의 별미다. 그 자체로도 훌륭하지만 밥을 주문해 함께 비벼 먹으면 더욱 맛있다. 가끔 함께 볶아 나오는 아주 작은 게 껍데기를 조심한다면 더 맛있게 먹을 수 있다.

마지막은 똠양꿍(tom yam kung). 사실 호불호가 매우 강한 음식이다. 좋아하는 사람은 타이 가서 꼭 먹는 음식으로 꼽을 정도지만, 향이 강한 편이라 좋아하지 않는 사람도 적지 않다. 하지만 타이를 찾는다면 한번 도전해 보기를 적극 추천한다. 인생 음식을 만날 수도 있을 테니까.

괌 최고의 인기 메뉴, 피자와 새우 요리

괌이라면 단연 해산물 요리가 인기지만 2~3일 일정이라고 해도 계속 이것만 먹을 수는 없는 일이다. 하나 더 추천하자면 바로 피자!

괌 중심가의 K마트 안에 있는 피자집은 나를 비롯한 동료들이 특히 즐겨 찾는 아지트다. 평상시 한국에서 먹는 여느 피자와는 비교도 안 될 정도의 크기로 보는 순간 행복감을 선사한다. 조각으로 판매하기도 하는 만큼 페퍼로니, 치즈, 불고기 피자 등 수많은 종류를 취향과 선호도에 따라 한 번에 맛볼 수 있다. 또한 대양주는 새우 요리도 유명하다. 새우로 만든 튀김, 롤, 감바스 그리고 한국 라면과 비슷한 비치인쉬림프도 즐겨 먹는다. 어떤 요리를 택하든지 씹는 순간 올라오는 통통한 새우살 육즙의 고소함을 제대로 느낄 수 있다.

그런가 하면 괌에는 한국 소주 마니아를 진정 기쁘게 할 만한 요리와 술의 매칭이 있으니, 참치회에 곁들이는 라임소주다. 괌 어느 식당에서나 쉽게 접할 수 있는 참치회 한 점에 상큼한 생과즙 소주 한 모금을 곁들여

본다면 그 궁합은 실로 '일품'이라 칭할 만하다. 단지 그 둘의 조합에 빠져들면 저도 모르게 술이 무한정 들어갈 수 있으므로 다음 날 여행을 위해 적당히 먹어야 할 것이다.

일본은 뭐니 뭐니 해도 초밥!

초밥집에 들어서는 순간 경쾌하게 울려 펴지는 환영 인사는 이곳이 일본이라는 사실을 한 번 더 상기시킨다. 여기저기서 들려오는 일본어가 내가 진정 초밥 본고장에 있음을 확인시켜 준다. 영화에 나올 법한 초밥 장인들이 주문과 동시에 화려한 손놀림으로 즉석에서 초밥을 만들어 주는데 이를 감상하는 것 또한 재미있는 여행의 단편이 된다. 식당마다 차이가 있겠지만 본고장답게 일본 초밥은 참 크다. 일단 크기에서 압도하는 초밥을 입 안에 넣으면 부드럽게 어우러진 생선회와 찰진 밥이 그렇게 맛있을 수 없다. 따끈한 사케를 함께 먹으면 아주 바람직하다.

마지막으로 꼽을 먹거리 아이템은 여행의 피곤함과 갈증을 단번에 없애 주는 맥주 한잔!

베트남은 지역 이름을 딴 다양한 맥주가 있고 한국과 마찬가지로 하이네켄, 버드와이저 등 해외 맥주를 손쉽게 접할 수 있다 이 밖에도 싱가포르의 타이거 맥주나 필리핀의 산미구엘 맥주 또한 한국인들이 즐겨 찾는 종류다. 홍콩의 경우라면 소호거리에 위치한 분위기 있는 펍을 찾아보자. 현지에서만 즐길 수 있는 크래프트 비어를 다양하게 맛볼 수 있는 기회다. 또 한국 회사와 합작해 출시한, 홍콩인이 가장 즐겨 마시는 블루걸을 꼭 한 번 맛보는 것도 좋은 경험이다. 괌에서는 귀여운 병에 담긴 롱보드, 빅웨이브 맥주를 맛보면 좋을 테고, 또 일본 여행 중이라면

샷포로와 기린 등의 생맥주를 일본 요리와 매칭하여 한층 깔끔한 식사를 즐길 수 있을 것이다.

그 맛이 그 맛일 거라고 생각할 수 있는 각 나라 맥주들은 현지의 향신료와 다양한 재료를 사용해 확연한 맛의 차이를 지니기 마련이다. 또한 현지에서는 같은 브랜드이자 다양한 콘셉트로 출시된 깊은 맛의 맥주를 접할 수 있다는 점도 매력적이다.

이렇듯 승무원들은 비행을 하며 저렴한 가격으로 깊은 문화와 전통이 담긴 현지 음식을 쉽게 접할 수 있으며, 각 나라의 맥주를 마시면서 행복하고 소중한 추억을 쌓는다. 한편 비행을 마치고 먹는 일명 랜딩비어(landing beer)를 사랑하는 승무원도 적지 않다.

취항지에서 맥주 한잔 하며 그날의 에피소드와 하루를 정리하는 순간이야말로 비행의 또 다른 활력소가 된다.

낭만비행

이국의 자연을 배경으로
나만의 자유 시간이 시작됩니다

이른 아침 인천공항을 출발해 사이판에 도착하니 오후 3시다. 다소 바쁜 일정 탓에 피곤했지만, 힘든 비행을 위로받고 싶어 옷을 갈아입고 호텔 앞 해변으로 나간다. 유난히 파란 하늘에 하얀 구름이 그림처럼 펼쳐져 있다. 구름이 낮게 깔리는 대양주 바다는 금방이라도 잡힐 듯 선명한 색채 하며 유려한 해안선이 막 찍어도 그림이 될 것만 같다. 남태평양의 아름다운 에메랄드색 바다 속에서는 떼 지어 춤추듯 헤엄치는 작은 물고기들이 반기는 모습을 연출하기도 한다.

한국에서 동남쪽으로 3만 킬로미터 떨어진 북마리아제도를 대표하는 작은 섬 사이판은 세계 최고의 에메랄드가 끝없이 펼쳐져 있다. 바다의 풍광과 빛깔만큼은 하와이나 괌보다 멋진 것 같다.

비치가 훤히 보이는 호텔 야외 테라스 바에서 칵테일을 주문했다. 평상시 맥주를 즐기지만 지금은 칵테일 한잔으로 내 독한 피로감을 덜어내고 싶었다. 미국 소설가이자 저널리스트였던 어니스트 헤밍웨이가 즐겨 마셨다는 술.

주문한 술은 모히토다. 럼주에 레몬이나 라임 주스를 넣은 칵테일로, "리얼리스트가 되자. 가슴속엔 실현 불가능한 꿈을 품자."고 말한 혁명가 체 게바라의 나라 쿠바가 기원지다. 자연을 연상케 하는 연둣빛을 띤 모히토는 여행지 해변과 아주 잘 어울리는 술이다. 바에서 흘러나오는 자메이카 레게 느낌의 약간 빠르고 그루브 있는 노래에 고개를 끄덕여 장단을 맞추고 콧소리를 흥얼거리며 이 순간을 만끽한다.

지금 나는 너무도 한가롭다. 혼자라는 사실이 이토록 좋을 수 있을까. 그 누구에게도 신경 쓰지 않은 채 푸른 바다와 음악 그리고 칵테일이 함께 하는 이 순간에 온전히 집중하는 시간이다.

한동안 음악에 심취하다 시선이 닿은 곳은 저 멀리 보이는 방파제였다. 어렴풋이 아이들이 뛰노는 모습이 보이기에 해변을 따라 그곳까지 걷기로 했다. 파란색, 초록색이 뒤섞인 바다와 하얀 백사장의 경계선을 따라 걷는 길, 그 옆에서 바비큐를 먹는 사이판 청년들이 나를 보더니 반갑게 손을 흔든다. 마치 안면 있는 사람들처럼 우린 반갑게 인사했다. 외국에 나가면 처음 만나는 사이일지라도 서로 눈인사를 하고 미소를 짓는가 하면 때로 격렬히 인사하기도 하는 그 문화가 너무나 좋다.

다시 발걸음을 계속하니 등대로 보이는 둑이다. 아이들이 옹기종기 모여 있다. 몇몇 아이가 돌아가며 다이빙을 한다. 그 다이빙을 지켜보는 친구들은 뭐가 그리도 좋은지 한 명이 뛸 때마다 깔깔깔 웃어 대고, 뛰어내리는 아이들은 3미터 높이에서 눈부신 햇살이 깔린 에메랄드 바다로 멋지게 입수한다. 아이들이 자연과 함께 즐기는 모습이 기특하여 자리를 잡고 지켜보았다. 순간 나도 온몸을 던져 뛰어들고 싶었지만 꾹 참고 한참이나 그 아이들을 지켜보았다. 다이빙을 잘못해 거꾸로 떨어지거나 배가 먼저 바다에 닿아 아파하는 모습을 보고 걱정하면서도 나도 모르게 흐뭇한 웃음이 나왔다.

어느덧 해가 가라앉으며 노을이 지기 시작했다. 한참 동안 그 모습을 지켜보았다. 어떠한 수식어도 필요 없는 말 그대로 낭만이었다.

행복하고 깊은 시간을 보낼 수 있다는 사실에 직업에 대한 애착과 감사함이 벅차올랐다. 일하러 온 곳에서 이토록 한적한 시간을 보낼 수 있으며 언제나 기억하고 싶은 소중한 장면을 볼 수 있음에 다시 한번 승무원이 되길 잘했다고 생각했다.

5성급 호텔이라니
당신은 역시… 선택받은 자?

인생을 즐기고 낭만을 만끽하도록 선택받은 고귀한 사람들. 해외 비행의
경우 승무원은 하루 이틀 정도 현지에서 지낸다. 회사에서 제공해 주는
5성급 호텔에서 자고 호텔 수영장과 피트니스클럽을 이용하며 다음
비행을 위해 충분한 휴식을 갖게 된다. 눈을 뜨면 눈앞에 푸른 바다가
펼쳐지는 뷔페 레스토랑에서 아침을 먹으며 하루를 시작한다.

　　비록 나의 모습은 5성급 호텔에 미치지 못하지만 승무원 자격으로
푹 자고 일어나 호텔 음식을 먹을 수 있는 게 그리 가벼운 경험은 아니다.
당연한 일상이 될 법도 하지만 아직도 호텔 뷔페를 먹으며 이 생활을
누리고 있음에 감사할 따름이다.

낭만비행

방콕에서 보낸 하루

오전 10시. 여섯 시간 정도 되는 비행이 피곤했는지 늦잠을 잤다. 호텔 1층에서 가볍게 조식을 먹고 올라와 하루 일과를 준비한다.

오전 11시 무렵. 오랜만에 방콕을 찾은 만큼 오늘 이곳에서 해야 할 일이 꽤 많다. 호텔 근처에 위치한 전통 시장에 가서 망고도 사 먹어야 하고, 부근의 길가에 위치한 작은 쌀국숫집에서 점심도 해결해야 한다. 그다음엔 근처 스타벅스를 찾아 한가로이 책을 읽고 싶어 책까지 챙긴다. 사실 한국과 크게 다를 바 없는 일상이지만, 호텔에서 쉬는 것을 좋아하는 나로서는 이 정도면 상당히 바쁜 스케줄이다.

정오에는 현지 식당이 줄지어 있는 작은 시장에 도착한다. 이곳은 현지 사람들보다 서양인이 훨씬 많은 편이다. 큰 백팩을 메고 걸어가는 사람과 길가에 앉아 타이 현지 음식을 먹으며 대화를 나누는 사람들. 마치 한국의 이태원처럼 서양과 동남아의 조화라고 할까. 방콕은 이런 오묘한 장면이 연출되는 도시다. 시장을 둘러볼 때면 '어느 가게를 선택할까' 하면서 잘 익은 망고를 탐색하는 재미에 빠져든다. 색이 선명하고 큼지막한 망고를 파는 상점을 발견했다. 망고 네 개가 100바트. 한화로 3000원 정도다. 이어 방금 지나온 서양인들이 가득한 쌀국숫집에 들어가 누들수프를 주문하여 국물 한 모금 남기지 않고 속을 채운다.

오후 2시. 계획한 대로 이제부터 느긋하게 책 읽는 시간을 가져볼 생각이다. 카페에 앉아 사람들이 지나가는 모습을 보고 싶은 마음에 햇볕 잘 드는 야외 테라스에 자리를 잡았다. 커피 한 잔을 마시며 책에 흠뻑 심취한다. 그러다 한 번씩 고개를 들어 사람들의 모습을 가만히 지켜보기도 한다. 타이 현지인과 서양에서 온 여행객이 희한한 조화를 이루며 지나가는 모습들을 보고 있자면 지금 이 순간, 타지에서 책을 읽으며 여유를 찾는 내 삶이 신기하단 생각이 들기도 한다.

한참 책에 빠져들 무렵, 내 또래의 서양 남자가 내 옆에 앉아 책을 펼친다. 이내 다시 책에 집중하는데 10분쯤 지났을까, 옆에 앉은 그가 물었다.

"혹시 타이에 살아요?"

나는 아니라고, 잠시 머무는 중이라고 대답했다. 더 궁금해진 것일까, 아니면 자신처럼 책에 취미를 갖는 사람을 만나 반가운 것일까, 무슨 일을 하냐고 재차 묻는다. "제 직업은 플라이트 어텐던트입니다." 라고 답을 하니 "정말 훌륭한 직업을 가졌네요." 하면서 환한 미소를 짓는다. 머쓱해져서 고맙다는 인사를 하며 "당신은 무슨 일을 하세요?"라고 묻자 그는 얼마 전까지 일을 하다가 떠나고 싶다는 생각이 들어 동남아를 여행 중이라고 했다. "저보다 당신이 더 멋진 것 같아요."라고 대답했다. 그리고 우리는 다시 책을 읽기 시작한다(당시에는 아주 짧은 대화에 큰 감흥을 느끼지 못하지만, 이후 돌이켜 보면 낯선 곳에서 멋진 사람과 대화를 나눴다는, 왠지 모를 뿌듯함과 기쁜 마음이 들곤 한다).

어느새 시간이 한참 흘렀다. 옆자리의 독서 친구에게 즐거운 시간 보내라는 인사를 남기고 호텔로 들어와 낮에 사 온 망고를 먹어 보니 맛이 그야말로 '환상'이었다.

저녁이다. 이후에는 도시가 한눈에 내려다보이는 피트니스클럽에서 운동하거나, 테라스에 앉아 시원하게 펼쳐진 풍경과 함께 커피를 마시며 한적한 시간을 보낸다. 때로는 호텔 수영장에서 마음 가볍게 수영을 즐기기도 한다. 사이판이나 괌처럼 호텔에서 바다가 가까우면 해변에 나가 따스한 햇볕을 받으며 평화롭게 산책을 즐기기도 하고 파라솔에 누워 책을 읽거나 바다를 보며 나만의 시간을 보내곤 한다.

그뿐만이 아니다. 호텔에서 감상하게 되는 경치나 야경은 가볍게 지나칠 수 없을 만큼 멋지다. 어둠이 짙어지고 저 멀리서부터 은은히 퍼지는 노을빛을 감상하노라면 세상의 낮과 밤 사이 경계를 나타내는 하늘이 세상을 살포시 안은 듯한 따뜻함을 느끼기도 한다. 또한 길가에 하나 둘 켜지는 불빛을 바라보며 조용한 저녁의 정취에 잠기기도 한다.

깊은 밤이 되면 온 세상이 고요해지면서 불빛이 화려하게 반짝인다. 이 과정을 지켜보며 하루가 무사히 지나간 데 대한 감사와 함께 언제나 같은 차례로 지나가는 자연의 경이를 느끼곤 한다.

비행을 하며 즐기는 낭만과 값진 경험이
말로 표현할 수 없을 만큼 감사하다.

새벽길에 마주친 아저씨께 인사합니다
"저, 퇴근합니다."

해외에서 한국으로 돌아오는 인바운드(in-bound) 비행. 새벽 시간 한국에 도착하면 출근하는 사람들과 마주칠 때가 있다. 물론 피곤에 찌든 몰골이 추레하고 나 자신이 얄밉게 느껴지기도 하지만, 그들과 눈이 마주칠 때면 나도 모르게 승리의 웃음을 짓는다. '수고하세요. 저는 퇴근합니다.' 밤새 비행한 건 까마득히 잊은 채 말이다.

워낙 즉흥적으로 떠나는 것을 좋아해 새벽 비행을 마친 뒤 푹 자고 일어나면 어디론가 훌쩍 떠나고 싶을 때가 있다. 거리낌 없이 마음 내키는 곳으로. 그럴 때면 가평, 양평, 용인, 춘천 등으로 드라이브를 떠난다. 주차장을 방불케 하는 주말과 달리 평일의 뻥 뚫린 도로를 달리노라면 그동안 축적된 스트레스가 말끔히 풀리고 피곤이 가시면서 마음속까지 시원해진다. 선선한 바람과 함께 파란 하늘과 흰 구름을 배경으로 푸른 나무와 풀잎이 나를 반긴다. 차 안에서는 내가 좋아하는 커피소년과 스탠딩 에그의 노래가 크게 흘러나온다.

'낭만' 그 자체다.

우리 동네 카페도 빼놓을 수 없다. 아늑하다고 말하기에는 너무 많은 이에게 노출되어 점점 입소문을 타며 사람들로 북적거리지만, 내게는 그곳에서 처음 느낀 감정 그대로 아늑한 공간이다. 많은 시간이 지난 지금까지도.

오래도록 나만 간직하고 싶은 마음에 유명해지지 않길 바랐던 그곳은, 오래된 주택을 심플하게 리모델링해 절제된 멋을 자아내는데 향긋한 커피와 맛있는 빵 때문에 글을 쓸 때 즐겨 찾는다. 새로운 생각과 영감을 얻기 위해 한 곳만 고집하기보다 여기저기 분위기 좋은 곳을 돌아다니는데 이 카페도 그중 하나다. 주말이면 사람들로 북적거리지만 평일 오후엔 동네 한편의 한적한 카페가 된다.

커피를 마시며 글을 쓰다 보면 나 혼자 덩그러니 남을 때도 있다. 카페를 통째로 전세 낸 것처럼 오로지 나만의 시간을 보낼 때면 마음까지 부자가 된 느낌이다. 가끔 글을 쓰다 머리도 식힐 겸 옥상으로 올라가 수원 팔달산을 배경으로 펼쳐진 야경도 보고 바람 냄새도 맡는다. 이 밤 눈 아래 펼쳐진 풍경은 모두 나의 것이 되는 셈이다. 평일 저녁 퇴근 시간에 느끼는 한적함이란 느껴 본 사람만 알 것이다.

다른 이와 조금 다른 평일의 행복

스케줄 근무를 하는 승무원은 평일에 누릴 수 있는 장점이 많다. 은행 업무 등 평일 낮에 봐야 하는 일들을 여유롭게 해결할 수 있고 백화점과 쇼핑몰을 한가로이 거닐며 시간을 보낼 수 있다.

승무원이 아니고 일반 회사원이라면? 평일이 아닌 주말에만 쉬어야 한다면? 월요일 오후가 되면 회사 책상에 앉아 남은 일을 처리하며 이번 주는 또 어떻게 지나갈지 걱정하면서 금요일이 오길 바랄 것이다. 운이 좋아 정시 퇴근을 했다면 인파로 가득한 지하철을 타고 원하든 원하지 않든 잡다한 세상 이야기를 들으며 시내에 나가 지인을 만나거나 집에 돌아갈 것이다.

그런 일상이 좋을 수도 있겠지만 한 곳에 가만히 있기보다 활동적인 것을 좋아하는 동시에 한적한 시간이 필요한 나로서는 생각만 해도 몸이 뻐근거리는 일이 아닐 수 없다. 늦게까지 자고 일어나 남의 눈치 볼 것 없이 천천히 움직이다 지하철 1호선을 타면 지하철이 어르신들의 만남의 장소가 되는가 하면 아이들의 놀이터가 되는 장면도 감상할 수 있다.

대학로에 위치한 이화동은 출판 미팅을 하기 위해 자주 찾는 곳이다. 지하철을 타고 그곳을 찾을 때면 어김없이 마로니에공원을 지나쳐야 하는데 평일 낮이면 예술가들의 활동 무대가 된다. 그 누가 듣든 듣지 않든, 관객이 많건 적건 그저 자신의 목소리를 내고 이야기를 하는 사람들. 날씨 좋은 날이면 잠시 발을 멈추고 그 자리에 머물면서 공연을 감상한다. 비둘기들도 순간을 함께 하며 열정 관객이 된다.

물론 주말에도 쉬지 못하고 밤에 근무하며 명절이나 공휴일에도 어김없이 일해야 한다. 하지만 곰곰이 생각해 보면 스케줄 근무는 역시 단점보다 장점이 많은 것 같다. 어쩌면 극도로 주관적인 생각일 수도 있겠지만 말이다.

낭만비행

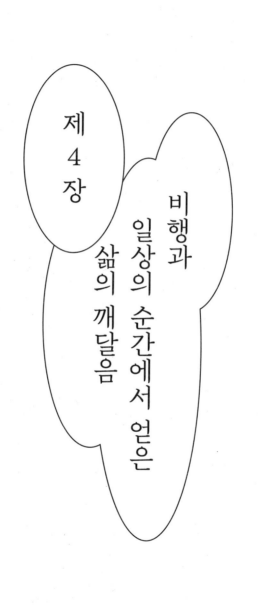

제 4 장

비행과
일상의 순간에서 얻은
삶의 깨달음

화려하고 거창하다고요?
누구나 이면의 몫이 있습니다

단정한 유니폼은 기본이고 언제나 당당한 자세로 캐리어를 끌며 분주히 움직이는 모습. 날마다 세계 각지의 관광 명소를 돌고, 옆집 놀러 가듯이 현지에서 베트남 쌀국수를 먹고 일본 라멘을 먹을 수 있는 '이상적인' 직업. 승무원 하면 떠올리는 이미지다.

그뿐인가. 1년에 한 번 정도 어렵게 시간 내서 떠나는 해외 휴양지를 한 달에 몇 번이고 가는 데다 5성급 호텔에 묵는다. 아침이면 호텔에서 제공하는 조식 뷔페를 마음껏 먹을 수 있다는 사실 역시 특권이라면 특권이다(또한 저렴한 비용으로 해외에서 가족 여행을 즐길 수도 있다).

눈앞에 홍콩의 야경이 펼쳐지는가 하면 괌의 에메랄드 해변이 감성을 깨운다. 현지인과 교류하다 보면 문화를 이해하는 시야도 넓어진다.

낭만비행

승무원을 꿈꾸는 젊은이들의 로망이자 목적일 것이다.

승무원이 누리는 특권은 매우 많지만 아쉽게도 그게 전부는 아니다. 그 이면에는 보이지 않는 부단한 노력과 고충이 있다. 누구나 꿈꾸는 이상적인 직업이라 해도 결코 녹록지 않은 '삶의 현장'이다 보니 힘들고 고단한 점도 존재하기 마련이다. 흔들리는 비행기에서 식사해야 하고, 밤 비행이나 새벽같이 일어나 준비해야 하는 이른 비행 때문에 밤낮이 바뀌는 스케줄도 적지 않다. 기압 차이로 인한 체력 저하 때문에 쉬는 날이면 병원을 제 집처럼 드나들기도 한다.

예상치 못한 손님들의 언행으로 심적인 피로가 쌓여 지칠 때도 있으며, 기상 악화로 비행기가 연착하거나 회항할 때면 그 아쉬움과 비난이 온통 승무원에게 쏟아져 마음을 다치곤 한다.

컵라면을 끓이다가 손이 대기도 하고, 화장실 청소는 물론 손님들이 구토해 놓은 걸 치울 때도 있으며, 아기들의 기저귀를 만지기도 한다. 새벽같이 일어나 승무원답게 외모를 가다듬어야 하고, 쉬는 날을 맞이할 때면 운동과 휴식 그리고 자기 관리에도 힘써야 한다. 이 모든 걸 기꺼이 감수하고 받아들이는 것은 승무원의 필수 자세일 것이다.

남들 쉴 때 일해야 하는 직업. 명절 때 가족들과 함께 하지 못하는 것은 물론이고 휴가철에도 친구들과 어울리기 힘들다. 지인의 결혼식과 각종 모임에 참석하는 것도 쉽지 않다. 화려한 겉모습만 보고 승무원이 된 경우 현실과 이상에서 오는 공허함에 빠지기도 한다. '내가 생각하는 승무원은 이게 아니었는데' 하면서 말이다.

가장 힘든 건 경험치가 아닌 인간관계

승무원은 외로움을 동반한 직업이기도 하다. 사람이 좋고 사람 만나는 것이 좋아 승무원이 되었건만 점점 인적 없는 곳을 찾게 되며 쉬는 날은 혼자 있고 싶어진다. 한편 서울에서 혼자 사는 지방 출신 승무원들은 비행을 끝내고 불 꺼진 집에 들어설 때마다 외로움을 느끼곤 한다. 가족이 보고 싶어 1일 오프인 날에도 대전과 광주까지 가거나 하루에도 몇 번씩 가족사진 혹은 가족만큼 소중한 강아지 사진을 보며 마음을 달랜다.

비행기에서는 평생 만나지 못할 다양한 이들을 한자리에서 만나기도 한다. 어른이 되면서 정립된 생각과 가치관 그리고 여러 사람과 어울리며 느낀 다양성은 하늘만큼이나 넓다는 것을 실감하는데 때로는 사람들을 만나면서 생각과 가치관이 흔들리기도 한다. 날짜 개념도 점점 없어져 오늘이 무슨 요일인지 헷갈릴 때가 부지기수이며 시간이 고속철도처럼 빠르게 지나가는 게 아쉬워 마음이 다급해진다.

내가 가장 힘들어하는 건 사람 관계다. 모든 게 내 마음 같지 않다. 마음의 창. 대학을 졸업하고 직장인이 되면서 가장 어려운 부분이 이 창의 넓이다. 열에 아홉은 활짝 열어 보이던 마음을 사회생활을 하면서 점점 닫아 버린다.

가치관이 맞고 느낌이 좋아 친해지다 보면 속이야기를 할 때가 있다. 내 마음을 알아주리라 믿고 고민거리나 속이야기를 털어놓으며 서로 위로하고 힘이 되어 주는데, 때로는 그 이야기들이 다른 이의 입을 통해 들려오기도 한다. 그럴 때는 말로 표현할 수 없는 실망감에 빠져들지만 누구를 탓하거나 나무랄 수도 없다. 그저 성급하게 마음을 주고 타인을 쉽게 믿어 버린 내 잘못이라고 생각한다. 누군가를 진심으로 믿고 싶었을 뿐이지만 사회는 그리고 승무원 집단은 그렇게 호락호락하지 않다.

본래 사회는 그런 거라고, 그래서 인생 또한 그렇게 배우는 거라고 하지만 씁쓸해지는 건 어쩔 수가 없다. 사람이 좋아 시작한 직업인데

낭만비행

점점 사람들에게 상처받고 사람들에게 치이면서 비행과 인생을 배워 간다. 그래서 사람을 만날 땐 적당한 거리를 유지해야 한다. 적당히 마음을 내고 적당하게 머리를 써 가며 적당한 주제로 함께 하는 시간을 보낸다. 그만큼 사람들과의 관계 또한 적당한 거리로 남는다.

물론 모든 관계가 그런 것이란 의미는 결코 아니다. 비행이 없는 날이면 동료들을 만나 행복한 시간을 보내기도 한다. 평생 간직하고 싶을 만큼 좋은 동료도 만나고 언니, 누나, 형, 오빠라 부르며 어려울 때 힘이 되어 주고 위로하는 인생의 동반자가 될 정도로 깊어지는 사람도 많다.

승무원은 생각만큼 대단하거나 거창한 직업이 아니다.

다만 좋은 사람들과 함께 비행하며 소소한 행복을 느끼고

멋진 인생을 그리며 삶을 즐기는 직업임은 틀림없다.

누구에게나 있는 처음
서툴고 어려운 게 당연합니다

10주간의 초기 교육을 수료하면 본격적인 비행 생활이 시작된다. 아무리 초기 교육을 잘 받은 사람도, 항공과를 졸업하거나 학원을 다닌 사람도, 사회 경험이 많은 사람이나 나이가 특별히 많고 적은 사람도 첫 비행을 위한 라인(비행 실무)에 올라오면 서툴고 어리숙하기 마련이다.

실무를 시작하면서 마음과는 달리 허둥지둥 움직이는 내 모습을 발견하게 된다. 비행 전에 그동안 달달 외우며 공부해 온 내용과 비행기 탑승 뒤에 할 일들을 몇 번이고 쓰며 익히지만, 막상 비행기에 올라타면 아직 익숙하지 않은 환경 탓에 머릿속이 하얘지면서 '여기가 어딘가, 나는 누군가, 나는 여기서 뭘 하는가' 하는 생각이 절로 든다.

그런데 이런 현상을 겪는 것은 초기 교육을 막 마친 승무원뿐만이 아니다. 연차가 쌓여 새로운 업무 배정을 받은 시니어 승무원은 말할 것도 없고 '사무장'도 마찬가지다. 막내 듀티(duty, 임무)에서 벗어나 면세품과 유상 판매(기내에서 판매하는 스낵과 음료) 업무를 맡았을 때, 기내 방송 업무를 담당했을 때는 물론 갑작스럽게 새로운 임무가 주어질 때도 머릿속이 하얘진다. 조그만 변화나 돌발 상황이 생기면 어떻게 처리해야 할지 몰라서 당황 또 당황하는 일상의 연속이다.

하루는 10년 차 사무장님과 타이의 방콕 비행을 함께 했다. 방콕에서 인천으로 오는 인바운드 편에 인천공항의 안개로 인한 저시경이 발령되었다. 시야가 채 50미터도 보이지 않는 상황이었다.

우리 항공기를 포함한 많은 항공기가 인천공항에 착륙하지 못한 채 김포공항으로 회항하는 일이 벌어졌다. 인천공항의 안개가 걷힐 때까지 기다리라는 관제탑의 지시가 있었다. 우선 손님들에게 안내 방송을 하여 친절하게 상황을 설명한 뒤 서비스에 각별히 신경 썼다. 안전을 위해 어쩔 수 없는 상황이었지만 손님들의 피로와 불편한 심경은 고스란히 승무원에게 향했다. 결국 감당하고 이겨 내야 하는 것 또한 '우리 몫'임을 깨달았다.

이날 '비정상적인' 상황을 처음 겪은 신입 승무원들은 아일(aisle, 비행기 복도)에 서서 손님을 응대해야 하는데 금방이라도 눈물이 쏟아질 것 같은 표정이었다. 손님들 말씀을 너무 마음에 두지 말라는 이야기로 위로하려고 노력했지만 처음 겪는 돌발 상황에 꽤 놀랐을 것이다. 사실은 탑승하신 손님들께 서비스하는 생수까지 떨어지는 바람에 더 난감했다. 혹시 모를 상황을 대비해 2리터씩 열 병이나 더 받아 놓았지만 기다리는 동안 모두 소진된 것이다.

사무장님 역시 그런 상황은 처음이었고 결국 모두 한자리에 모여 해결책을 찾기도 했다. 그러던 중 다행히 안개가 걷히면서 비행기는 인천공항까지 무사히 돌아갔고 손님들을 안전하게 내려 드릴 수 있었다. 물론 연차가 쌓일수록 그만큼의 노하우와 경험도 쌓이니 해결 방안과 시야가 넓어지는 건 당연한 사실이다. 하지만 돌발 상황이나 처음 겪는 일 앞에서 당황하는 건 누구나 매한가지라고 생각한다.

무엇이든 처음은 어렵고
익숙한 것은 쉽다

비행뿐만이 아니라 인생도 마찬가지다. 누구나 똑같이 사회의 시작을 경험하고 많은 게 어설프다. 처음이 지나고 그 순간을 극복해 냈다 해도 또 몇 번의 어려움을 마주하고 반복을 경험한다. 결국 그 시간들을 통해 어느덧 익숙해지고 몸에 스며드는 과정을 경험한다. 그리고 다시 한번 생각해 본다. 처음은 어렵고 익숙한 것은 쉽다.

누구에게나 그 순간들이 있었다. 나 또한 매년 해외 봉사를 갈 때도 그랬고 새로운 나라를 여행할 때도 마찬가지였다. 대학에 입학했을 때도 항공사에 입사했을 때도 적응의 시간이 필요했다.

처음 서른 살이 되었을 때도 앞자리가 바뀐 내 나이를 말할 때면 묘한 기분이 들곤 했다. 새로운 사랑을 시작하거나 그토록 사랑한 사람과 헤어질 때도 그랬다. 앞으로 결혼을 하고 아이를 낳고 그 아이가 커 가는 과정을 함께 할 때도 내 감정과 행동은 여전히 서툴 것이다. 나이와 상관없이 그 누구든 '처음인 지금'을 겪으니까 말이다.

"나도 예순일곱 살은 처음 살아 봐요."

tvN 예능 프로그램《꽃보다 누나》에서 배우 윤여정 씨가 한 말이다.

그렇다. 누구든 오늘이 처음이고 내일도 처음일 것이다. 우리 모두

낭만비행

지금 이 순간은 처음이다. 어제 누군가를 사랑했다 해도 오늘 사랑하는 것은 처음이고, 어제 누군가를 만났다 해도 오늘 만난 것은 처음이다. 그러니 누구든 서툴고 실수할 수밖에 없다. 어제의 삶들에 만족하며 살기보다 오늘 나에게 주어진 새로운 삶에 집중하며 온 힘을 다해 살아야 하는 이유다.

익숙함에 길들여져 안정감을 추구하기보다는 새로운 데서 오는 설렘과 긴장감으로 정신과 마음이 곤두서는 것을 인식하고, 어디로 가야 할지 어떻게 해야 할지 모르지만 하나하나 극복해 나가며 느끼는 희열과 기쁨은 분명 안정감에서 오는 편안함보다 가슴 뛰게 만들어 진정 살아 있음을 증명할 것이다.

새로운 일, 새로운 환경 앞에서 너무 불안해하거나 걱정하지 말자. 아니, 조금만 걱정하자. 처음엔 다 서툴고 어리숙하다. 나도 그랬고 당신도 그랬고 그 누군가도 그랬다. 지금도 그렇고 앞으로도 그럴 것이다.

사소한 대화는 좋아도
사소한 마음은 반갑지 않습니다

승무원은 직업 특성상 하루에도 수많은 사람을 만난다. 그러다 보면 상대방에게서 품어져 나오는 특유의 짙은 사람 냄새를 느끼곤 한다. 말투, 표정, 손짓, 자세 등 모든 것이 어우러진 '그 사람만의 향'이다.

정현종 시인의 말처럼 그 향과 함께 누군가 내게 온다는 것은 참으로 대단한 일이다. 그 사람의 과거와 현재, 미래가 함께 다가오기 때문이다. 말투와 행동을 보면 과거를 알 수 있고, 지금 함께 하면서 현재를 알 수 있으며, 꿈과 비전을 보면 미래를 알 수 있다. 물론 지금 보이는 대로 느낄 뿐이지 결코 한 사람을 정확히 판단할 순 없을 것이다. 하지만 그 만남의 순간에는 서로의 과거와 미래가 모두 공존하는 것과 같다. 이렇게 생각하면 사람과 사람의 만남을 가볍게 여길 수가 없다. 더욱이 하늘

낭만비행

위에서 만난 인연이라면 보통이 아닌 것은 물론, 이렇게 만난 아름다운 인연 하나하나를 결코 사소하게 생각할 수가 없다.

한편 하루하루의 일상이 당연하게 느껴지는 순간들이 있다. 많은 사람과 만나고 헤어지고, 오늘이 그랬듯 내일도 그다음 날도 계속되는 만남과 헤어짐의 연속이기 때문이다. 오늘이 어제 같고 내일은 오늘 같을 거란 생각으로 마음을 덜 주거나, 일상에 익숙해져 오늘이 어제인 듯 그냥 같은 날인 것처럼 사소하게 생각하곤 한다. 그 순간에 많은 걸 잃어버릴지도 모르는데 말이다.

매 순간을 간직하고 제대로 느끼며 삶의 일부로 만들어야 함을 알지만, 사실 말처럼 쉬운 일은 아니다. 만나는 사람들과 웃으며 대화하는 게 흔한 일이 아님에도 불구하고 매 순간을 소중히 느끼기 어려운 것이다.

우리는 여러 사람과 다양한 이해 관계를 이루며 살아간다. 그 안에는 아픔과 벅찬 감동이 공존한다. 한 해가 저물 때마다 가장 속상했던 일을 생각해 보는데, 결국은 사람 관계에서 오는 아쉬움이다. 가장 행복했던 때 역시 사랑하는 사람 혹은 내 사람들과 함께 한 순간들 속에 존재했다. 가장 슬픈 일도, 눈물이 쏟아져 흐른 순간도, 죽고 싶을 만큼 힘들어 모든 걸 내려놓고 싶었을 때도 결국은 사람 때문이었다. 또한 내가 가장 기억하고 싶은 장면과 나를 지탱하고 믿어 주며 용기를 보낸 대상도 다름 아닌 '나의 사람들'이었다. 그 모든 것의 결말은 사람이다.

어떤 관계든 특별하지 않을 수는 있어도 사소할 수는 없다.
사소한 대화는 좋지만 사소한 마음은 반갑지 않다.

비행하면서 수많은 사람을 만난다. 그리고 그들의 이야기를 듣는다. 사소한 대화와 가벼운 마주침 속에서 경계를 풀고 마음으로 전해지는 이야기를 하다 보면 어느새 웃음꽃이 피고 서로를 이해하게 된다.

도쿄에서 한국으로 비행을 하는 날이었다. 3열 창가 자리에 50대 아주머니가 앉는다. 검은색 특수 안경을 쓴 걸 보니 눈이 불편한 것 같았다. 탑승 때부터 줄곧 마음이 쓰였고 자주 그쪽으로 시선이 갔다. 감사하게도 아주머니 앞줄인 2열이 빈 터라 용기 내어 다가가 대화할 수 있었다. 창밖으로 시선을 둔 손님에게 필요한 것이 없는지 여쭤보며 "오늘 구름이 참 예쁘네요." 하고 말을 건넸다. 아주머니는 하얀 구름이 얼핏 희미하게 보이긴 하는데 사실 거의 안 보인다고 하셨다. 10여 년 전 희귀병으로 시력을 점차 잃었으며 시간이 지날수록 보이는 것보다 보이지 않는 게 더 많아지셨다는 말과 함께. 그러면서 내게 물었다.

"혹시 선생님이 지금 하늘 밖 풍경을 표현해 줄 수 있어요?"

승무원을 준비할 때 비슷한 유형의 예상 질문을 생각해 본 적은 있었지만, 막상 승무원이 된 이후로 내가 본 모습을 다른 손님에게 설명해 본 적은 여지껏 단 한 번도 없었다. 아니 그럴 이유가 없었다. 당황스러운 동시에 머릿속이 복잡해졌다. 흰 구름떼가 광활하고 평화롭게 펼쳐져 있는 풍경을 어떻게 표현해야 좋을지 몰라서 그저 눈에 보이는 그대로 이야기했다.

"바깥은 남극의 겨울 같아요. 눈처럼 하얀 구름이 끝없이 펼쳐지고 하늘은 청아하게 맑아요. 정말 평화로운 하늘이네요, 손님."

(말하고 보니 내 언어가 이렇게 가볍고 피상적일 줄은 몰랐다.)

새해를 맞아 오랜만에 아버지 산소를 찾으려고 한국으로 돌아가는 아주머니와의 인연과 그날 비행은 이렇게 마무리되었다. 무사히 도착한 뒤 지상 직원에게 안전히 인계해 드렸다. 건강하시라는 말을 남기면서.

비행은 무사히 끝났지만 그날의 경험은 지금껏 내가 비행해 온 시간 동안 가장 후회되는 일로 남았다. '더 상세하고 구체적으로 더 많은 형용사를 써 가며 설명했다면…' '눈에 선히 보이듯 하늘에 펼쳐진 장면들을 함께 느끼고 전달할 수 있었다면' '내가 아닌 다른 사람이었다면', 만약 그랬다면 그 순간을 더욱 깊이 있고 생생하게 설명했을 텐데 하는 아쉬움이 계속 남았다. 느낄 줄만 알았지 말로 표현하는 능력은 없다는 것을 깨달았다.

아주머니는 비행 내내 창밖만 응시했다. 무언가를 바라보는 건지, 잠을 청하는지는 검은 렌즈 때문에 정확히 알 수 없었지만, 몇 년 만에 한국으로 돌아가는 비행기에서 창밖 너머를 응시하면서 무슨 생각을 했을까 하고 몇 번이나 떠올렸다. 그날 그 손님은 깊고 고요한 정취가 느껴졌다. 미련과 체념이 자아내는 차분함에 가벼운 설렘까지 느껴졌다.

비행을 마치고 집으로 돌아오는 길,
나는 어떤 향이 나는 사람일까 생각해 보았다.
내가 갖고 싶은 향은 어떤 것일까도 함께.

꿈이 멈추는 순간…
더 이상 가슴도 뛰지 않습니다

"선배님, 전 정말 승무원만 생각하며 살았습니다. 중학교 때부터 단한 번도 비행 외에는 생각해 보지 않았고, 고등학교 때는 항공과 가고싶어서 웃는 연습을 하고 면접 준비를 하며 밤낮으로 외국어 공부도열심히 했어요. 대학 항공과에 입학한 뒤로는 비행하는 날만 준비하며기다려 왔습니다. 물론 그 모든 시간에 대해 한 번도 힘들고 지친다는생각을 해 본 적이 없습니다. 그런데요… 저는 이제 비행을 그만 하고싶어요. 너무나 힘듭니다. 더 이상 비행의 순간이 행복하지 않아요. 제진심이 이제 와서 변한 걸까요? 이런 기분이 얼마나 지속될지 두렵기만해요. 언제까지 이렇게 살아야 할까요? 꿈꾸던 승무원이 되어 멋지게즐기며 살고 싶었는데, 그렇게 살 수 있을 거라고 믿었는데…. 이제는 어떻게 살아야 할지 잘 모르겠어요."

친하게 지내 온 입사 1년 차 후배의 이야기다. 아직 어리지만 이미 삶 절반을 승무원이 되겠다는 꿈과 의지만으로 살아온 그녀가 이제는 비행을 그만두고 싶어 한다. 그것도 너무 빨리 그리고 간절하게.

그런데 참 맞는 이야기였다. 나 또한 승무원이 되면 모든 것이 행복할 줄 알았기 때문이다. 간절히 원한 꿈이었기에 비행만 할 수 있다면 월급을 받지 않아도 밥을 먹지 않아도 쉬는 날이 없다 해도 다 겪어 낼 각오가 되어 있었다. 이처럼 세상을 다 가진 기분이었는데 그토록 비장했던 마음은 어디로 갔는지…. 지금은 처음 그때만큼 행복하지 않다. 물론 행복감이 사라진 데는 많은 이유가 있을 것이다. 뒤늦게 깨달은 적성 문제라든지 체력 저하 또는 손님이나 선후배 간의 갈등 때문일 수도 있다. 아니면 '승무원에 대한 허황된 꿈'을 이제야 현실에서 제대로 인식했는지도 모른다.

사실 이는 비단 그 후배에게만 해당하는 이야기가 아니다. 2017년 하반기 제주항공 승무원 지원자는 9000명이 넘고 경쟁률은 100 대 1에 가깝다. 해외여행객이 늘고 SNS와 방송 등을 통해 노출이 잦아지면서 초등학생부터 대학생까지 승무원에 대한 관심이 높아지는 추세다. 항공사에 지원해도 계속 떨어지자 다른 직장에 들어갔지만 비행의 꿈을 포기하지 못해 퇴사를 감행하면서까지 재도전하는 사람도 적지 않을 정도로 승무원 준비생이 많다. 그만큼 채용이 많아지면서 무수한 도전 끝에 꿈을 이뤄 합격통지서를 받지만, 처음 항공사에 합격하고 느낀 행복감은 풀잎에 맺힌 아침 이슬이 사라지듯 금방 증발해 버린다.

승무원 합격 소식을 받고 눈물 흘리며 몇 번이고 합격이라고 쓰인 인터넷 창을 들여다보며 혹여나 잘못 본 것은 아닐까 다시 확인했던 기억. 가족과 지인들에게 축하를 받으면서 드디어 해냈다는 자신감과 성취감에 행복을 느끼며 힘든 초기 교육을 자랑스럽게 수료하고 유니폼을 받을 때 느낀 설렘. 처음 캐리어를 끌고 제법 승무원 흉내를 내며 미소 짓던 모습. 이제 라인에 올라와 하늘을 날며 훨훨 자신의 꿈을 그려야 할 사람들이 우울함과 무기력에 빠지고 만다. 그토록 바라고 꿈꿔 왔건만 정작 승무원이 되면 비행을 그만 하고 싶어 한다. 간절히 원한 일이지만 정작 그 옷을 입고 캐리어를 끌면서 일탈을 꿈꾸는 것이다.

승무원끼리 우스갯소리로 나누는 대화가 있다. 비행을 하다 보면 주기적으로 오는 승무원 슬럼프라는 것이 있는데, 1년 그리고 3년 차에 찾아와 고민이 시작된다고 한다. 과연 이 직업을 계속해야 할까? 정말 나에게 맞는 직업일까? 나를 이토록 우울하게 만드는 이 감정은 무엇일까?

사람이 좋아서 시작했는데 쉬는 날이면 정작 사람 없는 곳에서 쉬고 싶은 마음. 내가 이런 사람이 아니었는데 왜 이토록 변한 것일까. 바라고 바라 온 비행인데 더 이상 비행만으로는 이 행복을 유지하기 어렵다. 정체 모를 갈증이 나를 괴롭히며 나의 삶이 그리고 심장이 더 이상 뜨겁지 않다. 무엇 때문일까, 우리가 더 이상 행복하지 않은 이유는?

꿈,

바로 꿈이 멈췄기 때문이다.

끊임없이 꿈꾸고 도전할 것

승무원이 되는 순간, 입사하는 순간, 자신이 바라는 걸 얻은 순간, 우리의 꿈은 거기서 멈춘다. 더 이상 가슴이 뛰지 않는다. 그래서 힘들어하는 것이다. 그래서 더 이상 생각대로 살지 않고 사는 대로 생각하게 된다.

하루하루 나의 삶이 지루하게 느껴진다.

우리가 힘들고 지칠 때 일으켜 주는 원동력은 꿈이라는 희망이다. 연이은 실패에 존재감이 땅바닥까지 떨어지고 자존심이 짓밟히는가 하면 누군가 날 무시하고 욕하며 너는 안 될 거라고 그만 포기하라고 어려운 길 가지 말고 쉬운 길을 선택하라고 네가 무슨 승무원이냐고 말해도, 인생의 낭만은 없다 이야기했을 때도 반복되는 일상 속에 틈틈이 들어와 나도 모르게 웃게 만들고 힘이 되어 준 것은 꿈이었다. 넘어지면 툴툴 털고 일어날 수 있었던 것도, 두고 보자 이를 갈며 내 미래를 상상하고 열심히 공부한 것도, 토익 점수가 발 사이즈만큼 나왔지만 포기하지 않은 것도, 입에 경련이 날 정도로 웃는 연습을 한 것도 간절한 꿈이 있었기 때문이다.

거창하지 않아도 좋다. 우리는 끊임없이 꿈꾸고 도전해야 한다. 꿈을 이루었다 해도 그 꿈이 행복을 보장해 주지는 못한다. 꿈을 이루면 또 다른 목표와 꿈을 상상하여 끊임없이 달려가야 좀 더 발전하고 행복할 수 있다.

비행 이외에 집중하고 즐길 수 있는 무언가가 있어야 한다. 끔찍한 사랑을 해도 좋다. 강아지를 좋아해서 미용을 배우는가 하면 맛집을 탐방하는 취미를 갖거나 커피와 요리를 공부하며 삶을 채우는 것도 좋다. 그래야 삶이 지루하지 않다. 미술을 전공했다면 비행기에서 그림을 그리고 전시회를 여는 꿈, 배우지망생이었다면 쉬는 날마다 부단히 노력해 연극 무대에 서는 꿈, 가수를 원했다면 노래를 연습하여 버스킹 등 많은 사람 앞에서 노래하는 꿈, 승무원이 꿈이었다면 한번쯤 살고 싶었던 다른 삶을 살아 보는 꿈, 책을 내고 싶었다면 비행 에피소드를 글로 쓰는 꿈….

꿈은 언제까지나 멈추지 말아야 한다. 그래야 삶이 촘촘해지고 깊어지며 더 행복해질 수 있다.

사람은 꿈의 크기만큼 성장한다.
그리고 꿈이 있는 사람은 늙지 않는다.

낭만비행

행복을 향한 지름길은
지금 가진 것에 감사하는 일입니다

나의 간절함과 애절함은 어디로 갔는지 하루하루가 무뎌지고 쳇바퀴 굴러가듯 반복되는 일상 속에서 모든 게 익숙하게만 느껴질 때가 있다.

　지나가는 승무원만 보아도 가슴이 콩닥콩닥 뛰는가 하면 그 설렘이 가시지 않아 하루 종일 굶어도 배부르고 행복한 때가 있었다. 하늘을 날아가는 비행기만 보아도 눈을 떼지 못하고 시야에서 멀어져 그 크기가 콩알만 해질 때까지 넋을 놓고 쳐다보던 나였는데, 지금은 비행기 안에 있는 나 자신의 모습을 잊고 지낼 때가 많다. 그렇게 타고 싶어 한 비행기건만, 날씨가 좋으면 비행보다는 산과 강이 있는 교외로 놀러 가고 싶은 마음이 굴뚝의 연기처럼 솟는다.

　2015년 3월 첫 비행을 시작하여 이제 겨우 총 비행 경력 4년 차. 나는 그 누구보다 손님들에게 특별한 추억을 선사하고 진심으로 감동을 주는 승무원이 되고 싶었다. 많은 것을 보고 듣고 느끼고 싶었는데 어느새 그 감정들이 무뎌져 가는 것을 실감할 때가 있다. 그렇다고 열심히 하지 않는다는 것은 아니지만, 익숙함에 젖어 가며 하루하루가 뻔한 일상으로 느껴질 때가 있다.

2016년 가을 안동에 사는 고등학생들이 수학여행을 위해 비행기에 탑승했다. 친구들과 함께인 데다 비행기를 타고 가는 수학여행이라 더욱 들뜬 그 모습은 10년 전 내가 처음 비행기를 탔던 때와도 참 많이 닮았다(당시의 나도 제주로 수학여행 가는 고2였다).

태어나서 처음으로 꿈에만 그리던 비행기를 탔고, 기내 승무원들을 일거수일투족 바라보며 언젠가는 나도 승무원이 될 거라고 다짐하고 또 다짐한 순간이었다. 그때는 앉아 있었지만 지금은 서 있고, 그때는 처음이었지만 지금은 일상이 되었다. 처음 비행기를 타는 설렘으로 무척이나 행복했는데…. 나중에 나도 꼭 비행기를 타는 승무원이 되리라 다시 한번 다짐하고 다짐하던 그때가 떠올랐다.

제주로 가는 한 시간 남짓 학생들과 많은 이야기를 나누었다. 여자 친구가 있느냐, 승무원이 되면 돈을 많이 벌 수 있느냐부터 스프레이로 딱딱하게 고정한 내 머리를 보며 어떻게 하면 그런 머리를 만들 수 있는지, 승무원이 되려면 외국어를 얼마나 잘해야 하고, 키는 몇이어야 하는지 등의 디테일한 질문까지 나름 심도 깊은 이야기를 나누고 풍선 이벤트를 마치니 어느덧 제주에 도착했다. 아쉬움을 뒤로하고 작별 인사를 하는 중에 여학생들이 말을 건넸다.

"저도 오빠처럼 나중에 승무원이 될 거예요. 나중에 꼭 만나요. 제가 후배로 들어갈게요."

일단 오빠라고 불러 줘서 고마웠다. 무엇보다도 잠시나마 그때의 나로 돌아가게 해 줘서 고마운 마음이 들었다. 10년이란 시간이 지난 지금 호기심 가득하고 맑은 눈망울을 가진 아이들을 바라보며 예전의 내 모습을 마주했다. 많은 것이 그대로인 듯 변했고 그중 가장 크게 변한 건 오직 내 마음뿐일지라도 그때의 나로 돌아갈 순 없을 것이다. 나는 이미 바라던 많은 것을 얻었다. 그 시절의 순수한 생각과 행동은 객관적이고 이해타산적인 모습으로 변했고, 잘 알지 못했던 세상과 그토록 존경하던 어른들의 세계는 생각보다 별 볼일 없음을 깨달았다.

하지만 분명한 건 나이가 많아졌다고 해서 어릴 적 비행기 타고 제주로 수학여행 가던 그때의 나보다 나아졌다고 할 수 없다는 점이다. 자란 건 마음이 아니라 겉모습일 뿐이고, 아무것도 모르던 철없는 내 모습이 그립기도 하니 말이다.

어른이 되면 더 행복하고 더 많은 것을 보고 품으며 살 줄 알았는데 나이가 많다고 해서 꼭 그런 건 아니라는 사실을 깨달아 가는 중이다. 쉴 틈 없이 나 자신을 되돌아봐야 한다는 것을 고등학생들과의 시간을 통해 또 한번 배운 날이었다. 내가 그렇게 원했던 꿈이 내 삶의 일부분이 된 것을 새삼 확인한 하루이기도 했다.

세상에 당연한 것은 없다. 오늘 이 하루도, 내가 가진 모든 것도. 어쩌면 행복으로 가는 가장 빠른 길은 지금 가진 것에 감사하는 일인지도 모르겠다.

타인의 삶에 관심 갖기보다는
마음의 소리에 귀 기울일 때입니다

남의 삶에 관심 가질 틈이 없다. 현재의 내 인생도 완벽하지 않은데 그 누군가의 삶이 옳다 그르다 판단할 수 있겠는가. 그저 자기 삶에 집중하고 자기 마음에서 나오는 소리에 귀 기울여야 할 때다.

자기다움. 그 누구도 대신할 수 없는 자신이 되어야 한다. 그렇고 그런 삶이 아니라 나 아니면 안 되고 나만 가질 수 있으며 나만의 향이 나는 것. 인생은 그것만 채우기에도 벅차다.

우리는 남들에게 너무도 관심이 많다. 아직 자기 자신도 완벽하지 않은데, 자기 기준과 가치로 남을 판단하기 일쑤다. 승무원들에게 남의 이야기는 하루하루 바뀌는 일기예보처럼 들려온다. 물론 그 주제는 좋은 이야기가 대부분이지만 그렇지 않은 경우도 있다. 1000명이 넘는 인원이

낭만비행

근무하지만, 일반 회사원들처럼 같은 시간 같은 장소에 모이는 사무실이 없다 보니 많은 이야기가 오르내리는 게 당연할지도 모른다.

SNS가 발달하면서 자신의 일상을 쉽게 공개할 수 있는 세상이다.

소중한 지인들과 함께 한 순간들을 간직하고 싶어 게시물을 올리고 유용한 소식을 주고받으며 즐거움을 느끼기도 한다. 그 과정에서 본의 아니게 자신의 모습이 타인에게 노출되기도 한다. 내가 어제 무엇을 먹고 어떤 옷을 입고 어디에서 시간을 보냈는지 굳이 말하지 않아도 많은 이가 그 사실을 아는 것이다.

보여 주는 만큼만 봐야 한다. 거기서 더 많은 것을 얻으려고 하면 결국은 당사자의 본래 의미가 변색되기 쉽다. 그 사람이 보여 주고 싶은 의미와 요점이 달리 해석되고 변질되면 안 된다.

사람들에게 나의 일상을 보여 주는 것과 타인에 의해 내 일상이 노출되는 것은 다르다. 문제는 객관적으로 알고 보고 듣는 것이 아니라 자신만의 생각과 기준으로 판단하는 경우다. 그냥 보여 주는 대로 느끼면 될 일이지 나만의 기준으로 판단해서는 안 된다. 우리는 그 사람에 대해 많은 것을 잘 알지 못하기 때문이다. 그 사람이 무슨 생각을 하며 살고 어떠한 삶을 살았는지 어떠한 아픔과 인생 스토리가 있는지 잘 모른다. 20년 지기인 만큼 그 사람의 모든 것을 안다고 생각해도 그 또한 피상적이다. 자신이 아니고선 타인을 완전히 알기란 쉽지 않다. 사실은 나도 나 자신을 모를 때가 있다.

SNS는 그저 소식 창일 뿐이다. 오랫동안 잊고 지낸 반가운 친구를 만나고 관심사가 비슷한 사람들과 정보를 주고받으며 지식을 습득하는 공간이다. 내가 바라고 꿈꾸는 모습들을 가진 사람들을 보며 동기 부여를 받아 내 꿈을 단단히 하고 부단히 노력하면서 자신을 가꾸는 용도로만 활용해야 한다. 물론 한때 '좋아요' 수와 '팔로어' 수에 연연한 나 역시 꾸준히 노력해야 할 부분이다.

한편으로 시대가 변했다. 우리 부모님 때는 어떻게 먹고살 것인가가 최대의 관심사였다. 나 먹고살기도 바빠서 남들에게 관심 가질 틈이 없었다. 하지만 지금의 우리 세대는 다르다. 의식주를 걱정하며 사는 사람은 예전보다 많지 않다. 나 혼자만 잘사는 것보다 주변 사람들과 생각을 교류하고 좋은 정보를 주고받으며 함께 성장하고 삶을 꾸리기 좋은 시대다.

그런 의미에서 다시 한번 고민해야 한다. 과연 어떻게 살 것인가? 남의 삶에 마음을 쏟으며 그냥 그렇게 살기엔 세상이 너무나 다양하고 우리가 짊어져야 할 삶도 참으로 길다. 어떻게 살아야 잘 사는 것인지 다시 한번 생각해야 할 때다. 무엇에 의미를 두어야 하며, 가치 있는 삶이란 무엇인지 생각해 봐야 할 때다. 정답도 없고 거창하지 않아도 된다. 어떻게 살 것인가, 가치 있는 삶이란 무엇인가, 꾸준히 질문하고 노력해 나가면 되는 것이다. 그리고 그 어느 때보다 자신만의 색을 갖춰야 한다. 그 누구도 대신할 수 없는 존재가 되어야 하며, 시간이 가르쳐준 삶의 경험은 보다 깊은 사람으로 남게 해 줄 것이다.

나의 이야기로 살 것
길가에 있는 풀마저도 흉내 내지 말 것
눈물 흘릴 것, 사랑할 것
아파하고 애타할 것
모든 촉각을 곤두세워 뜨겁게 살 것
어제가 오늘 같고 내일도 오늘 같지 살지 말 것

낭만비행

진심을 다해 듣고 품습니다
그 마음이 내 것인 듯

누군가에게 내 이야기를 했을 뿐인데 나도 모르게 마음이 편안해질 때가 있다. 이 순간에는 서운하고 억울했던, 혹은 아팠던 마음속 감정이 서서히 누그러짐을 느끼게 된다. 이처럼 상대방의 이야기를 진솔한 자세로 들어 주는 것은 그 자체로 충분한 힘이 되는 일이다. 탁월할 해결책이나 좋은 답변만 중요한 게 아니다. 오히려 그저 들어 줌으로써 마치 독서와도 같이 간접경험의 폭을 넓힐 수 있고, 그를 통해 새로운 지식과 생각을 파생시킬 수도 있다.

그리고 무엇인가를 담을 충분한 마음의 준비와 생각의 깊이로 상대의 이야기를 듣는 행위는 어떤 의미에서 '무엇보다 기분 좋은 서비스'가 될 수 있다. 내가 승무원으로서 손님을 대하는 순간이 바로 이런 경우다.

탑승하는 손님 대부분은 설렘과 즐거움이 가득한 행복한 모습이다. 그런데 간혹 무슨 이유에선지 화가 나 있거나 안색이 좋지 않은 손님들을 접할 때도 있다. 그런 순간에는 그분의 좌석을 미리 확인해 둔 뒤 비행기 이륙 후 서비스하는 동안 좀 더 신경을 쓰곤 한다.

어느 날 한 아주머니가 비행기에 탑승해 자리에 앉더니 앞자리의 젊은 손님과 이야기 나누는 장면을 보았다. 처음엔 서로 아는 사이인가 싶었는데 분위기를 보아하니 지인은 아니고, 또한 그리 좋은 이야기를 나누는 것 같지도 않았다. 손님들끼리의 문제는 굳이 깊이 관여하는 것보다는 서로 원만히 문제를 해결할 수 있도록 옆에서 조력자 역할을 하는 것이 바람직하다. 마침 나는 그분들 근처에서 다른 손님의 보딩을 도와드리는 중이었다.

이야기가 어느 정도 마무리되었고, 속이 탔는지 시원한 물을 마시고 싶다고 하여 두 분께 물을 드리면서 가볍게 이야기를 건넸다.

"손님, 게이트에서 무슨 일이 있었나 봐요."

내 말이 끝나기가 무섭게 아주머니는 이야기를 꺼내셨다. 상황은 이러했다. 두 분 모두 공항에 도착해서 티케팅을 하기 위해 줄을 섰다. 앞에는 아주머니가, 중간에 다른 가족을 두고 그 뒤로 젊은 손님이 섰다고 한다. 문제는 아주머니와 앞의 손님을 일행으로 착각한 직원이 두 사람을 함께 데스크로 안내한 데서 발생했다. 뒤늦게 일행이 아님을 알고 옆 데스크로 모셨는데, 마침 그 젊은 여성 순서였던 것이다. 결국 젊은 손님은 본의 아니게 기다리는 상황이 되었고 아주머니가 새치기했다고 착각한 나머지 "다음부터는 줄을 잘 서 주셨으면 한다."는 말을 남기고 떠났단다. 그런데 두 사람이 기내의 앞뒤 자리에서 딱 마주친 것이다. 계속 억울한 마음을 가지고 있던 아주머니는 젊은 손님에게 당시의

낭만비행

상황을 설명했고 서로에게 작은 오해가 있음을 인지하게 되었다. 젊은 손님의 미안하다는 말과 함께 상황은 잘 마무리되었다.

내게 이야기를 들려주는 동안 오해로 인한 억울함이 얼마나 컸는지 호흡을 거를 틈도 없이 말을 이어 갔다. 한순간에 새치기한 사람으로 오해받은 사실이 너무 속상해서 누군가에게 말하고 싶었지만 당장 그럴 수 있는 상대가 없었기 때문이다.

그래도 탑승해서 당사자를 만나 상황 설명을 하게 되었고 승무원까지 자신의 이야기를 들어 줘서 마음이 한결 가벼워졌다고, 너무 고맙다고 했다. 이미 끝난 상황이므로 달라질 문제는 하나도 없었다. 그 사실은 물론 아주머니도 알았을 터다. 단지 자신의 마음을 누군가에게 말하고 싶었을 뿐. 나는 아주머니의 말씀을 듣는 동안 그 당시 장면을 상상하며 공감했고, 충분히 억울할 수 있는 상황이라는 마음 또한 들었다. 고개를 끄덕이며 "그럴 수 있을 것 같아요."라는 추임새만 드린 게 전부였다. 아주머니는 어느새 흥분한 마음을 가라앉혔고 비행 내내 차분히 자신의 시간을 보냈다.

듣는다는 것은
또 하나의 사랑이며 배려이다

상대의 이야기를 충분히 귀기울여 들어 주는 것. 단순하고 쉬워 보여도 사실 꽤 어렵고 심도 깊은 과정이다. 다수의 손님에게 서비스해야 하는 승무원은 몸과 마음이 바쁘다 보면 누군가의 이야기를 차분히 들어 주는 것이 어려운 경우도 부지기수다. 그렇게 바쁜 상황에서 진심으로 누군가의 마음을 헤아리는 것이 결코 쉬운 일만은 아니다. 즉 진솔한 마음으로 대하지 못했다면, 상대방의 이야기를 진정 잘 들어 주었다고 보기 어려울 것이다.

항공사는 질 높은 서비스를 제공하는 분야로 인식되곤 한다. 백화점, 영화관 아르바이트를 시작으로 줄곧 서비스 분야에서 일하고 있지만 과연 좋은 서비스가 무엇이고 좋은 서비스인이 되고자 하는 것은 어떤 길인지 항상 생각하고 고민하게 된다.

좋은 서비스, 좋은 승무원의 조건은 무엇일까? 신뢰 가는 이미지, 상냥한 태도와 친절함, 기분 좋은 미소, 듣기 편한 방송 목소리와 억양, 예의 바른 인사 등등 매우 다양할 것이다. '서비스'를 떠올릴 때 가장 먼저 꼽게 되는 친절과 배려만으로 손님에게 감동을 주는 것은 이제 기본 중의 기본이 되었고 그만큼 우리 승무원의 서비스 역시 기대치가 한참 높아졌다. 형식적이거나 거창한 서비스만으로는 부족하다. '진심'이 필요하다.

예전에 내가 닮고 싶은 사람은 말을 유창하게 잘하는 사람이었다. 하지만 요즘 가장 인상 깊게 다가오는 사람은 남의 이야기를 편안히 잘 들어 주는 사람이다. 그 어떤 거창하고 화려한 리액션보다 그저 마음으로 이야기를 듣는 사람이야 말로 진정 좋은 사람이자 좋은 서비스를 행하는 사람이라고 생각한다.

듣는다는 것은 또 다른 사랑이며 나를 내려놓고 상대방을 존중하는 태도다. 가장 쉬운 일이라고 착각할 수 있지만 사실은 다양한 내공이 필요한 서비스이기도 하다.

오늘도 나는 같은 연습을 반복한다. 자신의 가치관과 편견에서 비롯한 생각들은 뒤로하고 우선은 상대방의 이야기를 이해와 관심, 사랑으로 받아들이는 연습. 잘 듣는 사람이 되고 싶은 심정으로 말이다.

아파 본 사람은 같은 아픔을
타인에게 주지 않습니다

"다 그렇게 살아. 그냥 버티는 거야."

그런 날들이 있다. 어떤 수식어도 어울리지 않는 날. 내 사람들이 전하는 진심 어린 걱정과 위로조차 사치스럽게 느껴지며, 눈과 귀를 닫고 나만의 상념에 빠져드는 날. 금방 괜찮다가도 누군가 툭 치면 그 순간 바로 눈물이 터질 것만 같고 세상에 나 혼자 남겨진 것만 같은 공허함과 외로움에 발버둥칠 때가 있다.

숨 쉬는 것조차 벅찬 날. 그토록 사랑했건만 헤어지자는 말 한마디에 수많은 추억과 함께 한 시간이 사라져 버린다. 당연시되는 것들이 한순간 낯선 것들로 변하는 허무함을 경험하기도 한다. 오랜 시간 의지해 온 친구가 나를 배신하는 모습을 마주하게 된 날. 내가 믿는 사람에게서 낯선 냄새가 나고 가치와 이상, 신념 등 모든 게 의미 없이 느껴지는 날. 그런 날들이 있다.

2015년 10월 무렵 그런 날이 찾아왔다. 열심히 회사생활에 적응하여 힘들기만 한 비행과 낯선 사회가 어느 정도 손에 익고 서서히 즐거움이 생길 즈음, SNS에 글을 올리고 우연히 KBS 프로그램에 출연하면서 동료들에게 알려졌을 때였다. 사소한 오해로 시작된 내 이야기가 돌고 돌았고, 그 이야기에 다시 살이 붙어 큰 회오리로 다가왔다.

아주 친한 사람에게 건넨 마음조차 한순간 부담스럽게 느껴졌으며, 내가 쌓아 온 봉사를 포함한 변함없는 삶의 신념이 어느 누군가에게는 꾸며 낸 이미지로 인식되기도 했다. 그뿐만이 아니었다. 봉사 활동을 계기로 친해진 선배와 나눈 내 꿈에 대한 이야기들 역시 왜곡되었다.

앞뒤 없이 듣고 싶은 것만 들은 이야기는 또다시 퍼지고, 나를 둘러싼 터무니없는 이야기가 한 번에 돌아왔다. 봉사는 꾸며 낸 이미지이고, 명품을 좋아하면서 일부러 가난한 척하고, 매일같이 SNS를 즐기며 관심받고 싶어 안달 난 사람. 여자 친구도 많고 후배들에게는 못되게 구는 사람….

누구에게도 해명할 수 없을 정도로 힘이 빠지고 무섭기만 했다. 아침에 눈을 뜨는 것조차 숨이 막히고, 회사에 출근하면 모두 나만 힐끗거리는 것 같은 느낌이 들었다. 살면서 스스로 바라고 추구해 온 모습은 어디에도 없다는 생각에, 좌절감에 빠진 나머지 자존감이 지구 끝까지 추락했다. 그냥 어디론가 도망가고 싶은 날이었다.

그런 날들을 기다리는 사람도 없을 것이고 그런 날이 반가운 이도 없겠지만 그런 날들은 꾸역꾸역 찾아온다. 고통은 한꺼번에 밀려온다는 말이 딱 맞았다.

동기들과 나를 이해해 주는 사람들이 걱정하며 위로를 전했지만 그 어떤 말로도 위안이 되지 않았다. 너무 힘들어서 비행이 없는 날이면 방에서 한 발자국도 나가지 못한 채 커튼을 치고 누워만 있었다.

그때 괜찮다는 만류에도 불구하고 힘들어하는 나를 위해 끝끝내 찾아온 남자 선배가 있었다.

"이야기 들었다. 힘들었을 텐데 왜 말 안 했어? 근데 괜찮아, 임마. 나도 그런 적 있었어. 시간 지나고 보면 아무것도 아니야. 다시 열심히 하면서 네 진짜 모습을 보여 주면 금방 인정해 줄 거다. 다 그렇게 살아. 그냥 버티는 거야. 버티는 사람이 이기는 거야."

카페에 멍하니 앉아 생각했다. 내가 뭐라고 날 위해 여기까지 와 준 선배가 고마웠고, 그 어떤 위로에도 끄덕하지 않던 힘든 마음이 풀어지기 시작했다. "다 그렇게 살아. 그냥 버티는 거야. 버티는 사람이 이기는 거야."라는, 다소 논리 없어 보이는 그 선배의 말이 나를 감싸 안았다. 그 말은 지금까지도 살아가는 데 큰 힘이 되곤 한다.

그때부터 그냥 버티기로 했다. 그때 모든 걸 포기하지 않고 버티다 보니 여기까지 왔다. 시간이 흐르면서 나를 인정해 주는 사람들이 생겼고 내가 누군지, 어떤 사람인지 '진짜'를 보는 이들이 늘어나기 시작했다. 그렇게 차츰 시간이 지나면서 하루가 시작되지 않기를 바랄 만큼 힘들던 때가 언제인지 모를 정도로 '정말' 괜찮아졌다. '시간이 약이다'라는 영원한 진리를 실감하는 순간이었다.

고통을 겪고 나니 신기하게도 보이는 않는 것들이 보이기 시작했다. 힘들어하는 동기와 후배들의 슬픔이 너무나도 크게 다가왔고 그 아픔과 고뇌가 어느 정도인지 알기에 도저히 그냥 지나칠 수 없을 때가 많다.

당사자의 마음을 지레짐작하여 괜히 큰 걱정을 하기도 하지만, 나도 분명히 그런 때가 있었던 만큼 조금이나마 도움이 되었으면 하는 마음과 너무 힘들어하지 않았으면 하는 바람뿐이다.

슬픔이 있어 평범함의 행복을 깨닫는다

아파 본 사람은 안다. 그 아픔이 얼마나 고통스러운지 알기 때문에 다른 사람은 같은 아픔을 느끼지 않게 하려고 애쓴다. 누군가 힘들어하는 장면을 보면 쉽사리 지나치지 못하고 진심으로 함께 아파한다. 그래서 아픔과 상처가 있는 사람을 좋아하는지도 모르겠다.

조금만 생각해 보면 우리의 삶은 언제나 행복과 아픔의 연속이다. 오르막길과 내리막길이 이어지는 보통의 날들. 행복한 날 다음엔 슬픈 날이 있었고 햇살이 강한 날 다음엔 어김없이 비가 내렸다. 만남 뒤에는 이별이 있었고 탈락 뒤에는 합격이 있었다. 화창한 봄날 뒤에는 뜨거운 여름이 오고 청명한 가을 뒤에는 차가운 겨울이 왔다.

우리 모두는 인생을 살면서 예외 없이 힘든 날들을 맞이한다. 그리고 큰 시련에 빠진다. 하지만 그 시간들이 존재했기 때문에 평범한 하루를 훨씬 소중하게 생각할 수 있었는지도 모른다. 슬픈 날이 있었기 때문에 행복한 날들이 그리웠고, 그래서 행복을 온전히 느낄 수 있었다.

이별이 있었기 때문에 그 전에는 알지 못한 사랑하는 사람과의 평범한 일상이 참 아름다웠음을 깨달았다. 탈락이 계속되었기 때문에 합격 소식을 듣고 벅찬 감동의 눈물을 흘릴 수 있었다. 그런 시간을 보냈기에 '보통의 날'이 '진정한 행복'으로 다가온다.

어린 시절 바다에 빠져 죽을 뻔한 나를 구해 준 안전요원이 들려준 말이 있다. 바다에 빠지면 살겠다는 일념으로 온몸에 힘을 주고 아등바등 헤엄치는데, 그러다 힘이 빠져서 바다 속으로 점점 더 빠져 들어간다는 내용의 이야기였다. 그럴 때일수록 몸의 힘을 빼고 모든 것을 내려놓아야 자연스럽게 몸이 뜬다고 말이다. 그렇게 고통과 실패를 받아들일 줄 알아야 한다고. 마음이 어느 정도 거부감을 내다가 시간이 지나면 편안해진다는 것이다. 그것이 흔히 말하는 '내려놓음'이 아닐까 싶었다.

그러니 우리 힘든 순간을 사랑하자. 그렇게 우리 보통의 날들에 대해 감사하자. 사랑하는 사람이 떠났다면 충분히 아파하고 충분히 슬퍼하자. 그 슬픔을 억지로 이겨 보려고 친구 만나 술 마시고 위안을 핑계 삼아 시끄러운 장소를 찾아갈수록 마음은 더욱 공허하고 외로워질 것이다.

힘들 때마다 꺼내 보는 글이 있다. 《맹자》〈고자장하(告子章下)〉에 나오는 글이다.

하늘이 장차 어떤 사람에게 큰일을 맡기려고 하면
반드시 그 마음과 뜻을 괴롭게 만들고
근육과 뼈를 깎는 고통을 주고 몸을 굶주리게 하고
그 생활을 빈곤에 빠뜨리고 하는 일마다 어지럽게 한다.
이는 마음을 흔들어 참을성을 기름으로써
지금까지 할 수 없었던 일을 능히 감당하게 하기 위함이다.

지금까지 살아오며 힘든 일을 많이 겪었다고 생각했는데 앞으로도 고난과 역경의 날이 이어질 것이다. 신이 나에게 얼마나 대단한 몫을 주려고 이러는 걸까 하는 생각도 들지만, 그동안 겪은 아픔과 눈물이 있었기에 지금의 내가 존재한다고 믿는다.

앞으로도 눈물과 상처를 진정으로 받아들이고 이겨 내며 당당히 삶을 맞이할 것이다. 나와 같은 생각을 하는 젊은 친구들에게 말해주고 싶다.

그러니 힘든 그대여,
우리 끝까지 버텨 내자.

낭만비행

무엇을 할 때
가장 행복하세요?

"무엇을 할 때 가장 행복하세요?"

내가 지인들에게 즐겨 묻는 말이다. 물론 아무에게나 이런 질문을 하지는 않는다. 화두를 던져도 나를 이상하게 생각하지 않을 만큼 감정의 거리가 가까운 이들에게만 조심스레 건넨다. 그만큼 나는 '행복'이라는 가치에 대해 관심이 크다.

"자기가 하고 싶은 것들을 다 하면서 어떻게 살아? 지금을 희생하기 싫어서 공부하지 않으면 나중에 분명 후회할 거야. 미래를 위해 지금 하고 싶은 거 참고 좀 고생하면 나중에 하고 싶은 거 다 하면서 행복하게 살 수 있어. 그러니까 우리 공부하자."

수능 공부를 할 때 선생님이 들려주신 말씀이다.

'나중에 행복하려면 지금 희생해야 한다.'

수없이 생각해 봐도 그 말이 맞는지 틀리는지 판단이 서지 않는다. 대학만 들어가면 모든 게 행복할 줄 알았지만 그것도 잠시다. 합격의 기쁨도 잠시일 뿐 쏟아지는 과제와 리포트에 시달리다 보면 어느새 중간고사가 닥친다. 그래도 2007년, 내 또래의 친구들이 입학할 당시엔 1~2학년이면 별 죄책감 없이 조금은 놀아도 된다는 생각이었다(물론 개인적인 생각이었다). 놀고 싶은 마음을 억누르고 힘들게 입시 준비를 하며 생긴 내재된 스트레스를 풀기라도 하듯 거침없이 놀았다.

그러나 요즘 대학생들은 1학년 때부터 사회가 요구하는 스펙을 쌓기 위해 각종 자격증을 따고 대외 활동과 취업 준비를 해야 한다고 한다. 일찍이 공무원이 되고자 노량진으로 달려가 또다시 기약 없는 공부를 시작하는 사람도 적지 않다. 그들의 바람은 한결같다. 원하는 회사에 취업만 하면 소원이 없다는 것. 하지만 정작 취업을 하면 생각이 달라진다. 세상을 다 가진 듯 행복할 줄 알았는데 버스가 정류장에 잠시 멈췄다 출발하듯 기쁨의 순간도 금세 스쳐 지나간다. 회사에 적응할 만하면 내가 정말 원하는 삶에 대한 의문과 갈증, 업무에서 오는 불만족과 허탈감이 뒤를 잇는다. 하나가 해결되면 다른 고민과 걱정이 고개를 든다.

조금만 생각해 보면 우리가 바라는 그 무엇도 행복을 보장해 주지 못한다. 학교는 물론이고 취업과 연애와 결혼, 좋은 자동차 그리고 높은 연봉도 마찬가지다. 여기까지만 갖춘다면 아무 걱정 없이 그저 행복해질 것 같지만 그렇지 못하다.

반면에 변함없는 진리 또한 있는 법이다. 공부를 잘해 남들이 가고 싶어 하는 일류 대학에 합격하면 단연 그에 따른 성취감과 보람을 느낄 수 있다. 굳이 많은 말을 할 필요조차 없다. '대학 타이틀' 하나로 나를 증명하기도 하고, 원하는 공부를 하며 삶을 개척할 수 있다. 대기업에 취업하여 높은 연봉을 받으면 좋은 집에 살며 원하는 것들을 갖고 남들의 부러운 시선과 함께 누군가에게 인정받는 느낌이 들기도 한다. 그것 자체로 행복감을 느낄 수도 있을 것이다.

하지만 내면에서 우러나오는 행복이 아닌 외부 조건에서 느끼는 행복이 과연 얼마나 지속될 수 있을까? 행복하게 살기 위해 정말 중요한 것은 무엇이며 좋은 학교와 좋은 회사 그리고 좋은 차와 좋은 집이라는 요소들이 언제까지 행복을 보장해 줄 수 있을까? 이런 생각이 줄곧 나를 괴롭힌다. 어쩌면 그토록 바란 것은 내가 원하고 가고 싶은 길이 아니라 사회와 어른들이 정해 둔 일정한 틀과 그 과정에 놓인 학교, 회사가 아닌가 하는 생각을 한다. 사실 나의 부족한 식견으로는 과연 그 길이 맞다 틀리다 말하지 못할 것이다.

우리는 어떤 과정을 거쳐 행복해질까?

이 문제에 대해 저명한 학자와 예술가들의 수많은 명언이 있고 실험 또한 많다. 인간의 행복은 몇 세기가 지나도 끊임없이 나오는 주제지만 어느 누구도 완벽하게 행복한 삶을 살 수는 없을 것이다. 그런 삶이 없다면? 만약 그렇다면 행복에 가까운 기쁨을 느끼며 살다가 생의 끝에 다다랐을 때 '만족스러웠다'라고 말하는 삶을 살 수 있을지도 모르겠다. 다양한 방법이 있겠지만 그 길에 도달하는 가장 빠른 길은 '당연함'에서 벗어나는 마음을 갖는 것이 아닐까.

하루하루 찾아오는 평범한 일상. 매일 해가 뜨고 해가 질 때까지 내 가족이 건강하게 지내고 나 또한 마음 편히 잠들 수 있는 환경. 엄마

아빠가 나를 걱정하고 사랑해 주며 친구들이 내 안부를 묻고 매일 아침 눈을 떠서 가야 할 곳이 있는 것. 버스와 지하철을 탈 수 있는 발전된 세상과 마주하며 내가 그 안에서 좀 더 많은 사람을 담을 수 있는 눈과 귀를 가졌다는 사실. 그것뿐일까. 날씨 좋은 날 하늘을 볼 수 있고 내 옆을 지나가는 아이들의 밝은 목소리를 들을 수 있는 것 또한 당연한 일은 아니다.

화창한 봄날 만개한 벚꽃을 보며 자연의 아름다움을 느끼고, 여름 햇살 좋은 날 내 사람들과 푸른 초원이 넓게 깔린 곳에 놀러 가고, 높고 높은 가을하늘 아래 펼쳐진 노을을 보며 커피 한잔 음미하고, 온 세상이 하얀 겨울날 함박눈을 맞으며 사랑하는 사람과 군고구마를 먹을 수 있는 것. 이 모든 자연의 변화가 당연하다고 느껴진다면 행복감 또한 당연히 줄어들 것이다. 사람마다 행복을 느끼는 무게가 다르고 자신이 느끼는 행복과 사랑의 깊이는 그 누구도 가늠할 수 없을 정도로 무한히 펼쳐져 있다. 그러니 더 많은 행복을 찾기 위해 노력하고 당연함에서 벗어나야 한다.

지금 행복해야 한다. 지금 내가 가진 작은 것을 소중하고 감사하게 받아들일 줄 알아야 한다. 나 또한 처음 항공사에 합격한 행복보다는 그 후 일상에서 느끼는 소중한 순간이 많은데, 출근할 때 가장 큰 행복을 느끼곤 한다. 다른 조건들은 밀어 두고 그저 내가 원하고 바라는 일을 한다는 것은 참으로 행복한 일이다. 이 세상에서 자기가 하고 싶은 일을 하는 사람이 몇이나 될까? 그 일에 계속 만족과 보람을 느끼는 사람은? 내가 하는 일을 통해 새로운 꿈이 생기고 그 꿈을 향해 한 발자국 한 발자국 나아가는 과정에서 만족감을 느낀다면 행복하지 않을 이유가 하나도 없다.

오늘도 최선을 다해서 행복하자.

한 번의 비행을 위해
보이지 않는 곳에서 애쓰는 노력들

예전에는 미처 알지 못했다. 하나의 결과물이 나올 때까지 보이지 않는 곳에서 얼마의 많은 사람과 노력들이 함께 해 주는지.

35도를 넘는 더위가 며칠째 계속되는 여름. 기내는 적절한 온도가 유지되긴 하지만 바쁘게 움직이다 보면 유난히 덥게 느껴질 때가 있다. 몸이 끈적거리는 상태에서 유니폼을 입고 땀을 흘리면 지금 기내가 좀 더 시원했으면 좋겠다는 바람과 함께 시원한 장소와 음식을 머릿속에 떠올리기도 하고 불평하는 마음이 불쑥불쑥 찾아오기도 한다.

2017년 8월 폭염특보가 내려질 만큼 연일 푹푹 찌는 날씨로 인해 습한 더위가 정점을 찍은 날이었다. 더위나 추위를 잘 견디는 나조차 피해 갈 수 없을 정도였다. 다른 날과 마찬가지로 인천공항에 도착해

국제선 비행기에 탑승한 뒤 안전 보안 준비를 마치고, 보딩 시간 전까지 손님을 기다리며 잠시 앉아 쉬는 중이었다.

오후 2시 30분. 하루 중 태양이 가장 뜨겁게 내리쬐는 시간대다. 유난히 더운 날이라 비행기 중간 열에 앉아 좌석 위 에어컨 바람을 가장 강하게 돌려 놓고 더위를 피하다 우연히 창밖을 바라본 순간, 예상치 못한 광경을 목격하게 되었다. 더운 날씨에도 아랑곳 않고 활주로에서 비행기가 올바르게 게이트로 들어오도록 방향을 유도해 주는 분들과 비행기 화물칸의 수화물을 옮겨 주는 분들을 발견한 것이다. 별생각 없이 지나칠 수도 있는 비행기 밖의 광경이 무척이나 크게 다가왔다. 에어컨 바람이 나오는 기내에 있으면서도 덥다고 투덜거리는 나와 그늘 한점 없는 뜨거운 햇빛 아래서 일하는 분들.

그렇게 한 번씩 아무 생각 없이 비행하는 내게 '크게 다가오는 순간'이 있다. 비록 사소한 장면일지라도 내 삶에는 적지 않은 영향을 주곤 한다. 비행기가 하늘로 날아오를 때까지 보이지 않는 곳에서 노력과 정성을 다해 일하는 분들을 마주한 뒤로 아무리 극심한 추위와 더위가 몰려와도 절대 날씨 때문에 불평하지 않는다.

비행기가 이륙하는 순간까지 어떤 사람들이 한 팀을 이뤄 작업을 할까? 우선 비행기 티켓을 판매하려면 홍보팀은 물론 마케팅의 힘이 필요하다. 끊임없는 노력으로 여행지와 항공사를 홍보하고 좌석을 판매한다(그 과정 역시 또 다른 부서의 보이지 않는 노력이 함께 할 것이다). 비행기 티켓을 구매한 손님이 공항에 도착해서 가장 먼저 만나는 사람은 수화물과 좌석을 안내하는 지상 직원들이다. 지상 수화물을 부치고 나면 공항 내부로 입장할 수 있는 티켓을 받는다. 공항과 기내에서 위험을 초래할 수 있는 요소들을 제거하기 위한 CIQ,

즉 세관 검사(customs), 출입국 관리(immigration), 검역(quarantine)을 지나면 게이트에 도착한다. 게이트 앞에서 지상 직원이 티켓 검사를 하면 무사히 비행기에 탑승할 수 있다.

그사이 기내에서는 손님을 맞기 위해 스태프들이 분주하게 움직인다. 우선 기내를 깨끗이 정리하는 지상조업사들이 있다. 운항 승무원과 객실 승무원은 비행 중 안전과 서비스에 이상이 없도록 각자 업무를 진행한다. 한편 비행기 밖에서는 정비하시는 분들이 혹여 비행기에 문제가 있는지 꼼꼼히 확인하며, 기름을 넣고 손님들의 캐리어와 짐을 비행기에 싣는 일도 함께 진행된다. 후진할 수 없는 비행기를 활주로로 밀어 주는 분도 있는데 이 작업을 통제하는 담당자나 관제사분들도 그 과정을 함께 돕고 조율한다. 이 일련의 과정들이 일사불란하게 이루어지고, 많은 사람이 각자 맡은 역할을 끝내야 비행기가 날아오를 준비를 마치는 것이다.

그런데 한 가지 작은 아쉬움이 있다. 손님들이 전하는 감사와 칭찬이 승무원들에게만 전해진다는 점이다. 그 고마움을 승무원만 받는 것이 못내 부끄러울 때도 있다. 비행기가 하늘을 날 수 있도록 보이지 않는 곳에서 성실히 업무에 임하는 분들이야말로 감사의 인사를 받아야 한다. 손님들의 설레는 마음과 기분 좋은 미소 그리고 소중한 칭찬이 안전한 비행을 위해 힘쓴 모든 스태프에게 전해졌으면 하는 마음이다.

나를 내려놓는 시간이
진정한 여행의 의미가 아닐까요?

해외 비행이 있는 날이면 취항지에 따라 어떤 옷을 가져갈지 정한다. 휴양지라면 편한 옷과 함께 수영복을 챙기고, 도시 관광지라면 제법 멀끔하고 심플한 옷, 즉 '멋 부리기'용 옷까지 잊지 않고 준비한다. 더운 나라에 갈 때는 여름 셔츠를, 추운 날씨가 예상되는 지역이면 겉옷과 두툼한 옷도 함께 넣는다.

비행 초기, 해외 레이오버(lay-over. 현지 체류) 비행을 앞둔 전날이면 캐리어에 참 많은 걸 채워 넣었다. 더운 나라에 갈 때도 혹시 모를 추위에 대비하여 긴 옷까지 챙겼고, 처음 가는 나라라면 멋진 장면을 담기 위한 카메라가 필수였다(문득 인상 깊은 영감이 떠올라 글 쓰고 싶어지는 상황을 위해 노트북까지). 또 그 일정 사이에 운동을 하겠다며 운동복을 넣는 등 챙기고 싶은 게 많았지만 이내 그만두었다. 수원에서 출퇴근하는 터라 무거운 짐 때문에 비행 전부터 지쳐 버린 것이다.

무엇보다 내 준비성이 별 효과를 발휘하지 못한다는 사실을 깨달았다. 해외 체류 시간이 길지 않은데도 이것저것 챙겨 간 물건들을 사용할 일이 없었던 것이다. 게다가 현지에서만 살 수 있는 '머스트 쇼핑' 아이템과 즐겨 마시는 향긋한 커피 그리고 기념품을 구매하다 보면 이미 가방이 차서 새로운 것을 포기해야 할 때도 한두 번이 아니었다.

하루는 무거운 짐을 끌고 집으로 돌아오다 문득 생각했다.

'내가 과연 비행을 잘하는 것일까?'

'요즘 비행하면서 내가 남긴 건 무엇일까?'

동시에 취항지에서 어떻게 시간을 보냈고 무엇을 생각하며 지냈을까 하는 의문마저 들었다. 나 자신을 돌아보니 의욕만 무성한 상황이었다. 이미 한국에서 챙겨 온 버거운 양의 짐과 마음으로 인해 새로운 것을 채울 틈이 사라져 버린 것이다. 더 많은 것을 품기에는 이미 너무 많은 것을 지녔고, 비행 전에 세운 다양한 계획 때문에 온전히 하나에 집중할 수 없었다.

새로운 풍경을 마주하고 새로운 사람을 만나는 경험. 그들의 문화를 접하며 대화를 나누고 다양한 현지 음식과 함께 즐거운 시간을 만끽하는 순간. 그 시간 속에서 기억하고 싶은 것들을 가득 채워 품는 만족감…. 이렇게 마음에 남겨진 각양각색의 모습으로 삶의 그림을 차근차근 그리고 싶었는데, 과연 나는 어땠을까? 새로운 채움을 위해 미리 비워야 할 것들이 있음에도 불구하고 그동안 너무 많은 걸 가지려고 욕심낸 것은 아닐까.

채우기 위해 우선 비울 것

무엇을 얻고 싶다면 '비우는 일'부터 해야 한다는 확신이 선다. 비우면서 비로소 나 자신을 마주하게 된다. 이 과정에서 자신이 무엇을 더 원하고 우선순위를 두는지 알 수 있으며, 비워진 공간으로 인해 정말 채우고 싶은 것들과 마주할 수 있다. 결국 가장 중요한 점은 무엇을 '더 좋아하고' '마음에 두는지' 확인하는 것이다. 매번 하나씩 정리하고 보태는 과정은 나름의 인내가 따르지만 내가 좋아하는 것을 찾는 또 하나의 방법이다.

요즘은 비행을 앞두고 꼭 필요한 옷만 챙긴다. 운동복 겸 외출복을 가장 먼저 담고 카메라는 휴대전화로 대신한다. 글은 꼭 써야 하니 노트북만은 필수 아이템이다. 생각과 행동을 바꾸자 몸과 마음이 많이 가벼워졌고, 덕분에 새로운 것을 채워 가는 중이다.

비행뿐 아니라 여행할 때도 많은 것을 얻으려면 무조건 가볍게 떠나라고 말한다. 여행이라는 낱말이 그 어느 때보다 만연하게 쓰이는 요즘, 참으로 많은 사람이 여행을 떠난다. 젊은이라면 그 어디든 떠나야 한다는 인식이 지배하면서 떠나지 않으면 도태되는 것만 같은 시대. SNS도 티켓 인증샷과 함께 즐거운 여행 사진으로 가득하다. 여행에서 어느 것이 좋고 어느 것은 좋지 않다고, 그 누구도 말할 수 없는 문제다. 단지 타인의 시선과 여행 전에 계획한 것들로 인한 부담감만은 내려놓고 떠나길 바라는 마음이다. 채우기 위해 가장 중요한 것은 비우는 일이다. 모두 채우기엔 세상에 소중한 것이 너무 많고 아름다움도 끝이 없다.

그런 반면 우리 자신은 너무나 작은 존재다. 현실적인 기회비용을 고려하여 버릴 것은 과감히 버리고 현재의 자신이 채우고 싶은 것을 하나하나 생각해야 한다. 우리는 그 시간을 통해 조금씩 알고 느낀다. 내가 진정 무엇을 좋아했는지, 무엇을 좋아할 것인지.

낭만비행

떠난다는 것은 그동안 쌓여 온 무수한 일상의 생각과 감정 그리고 때때로 찾아오는 아픔을 내려놓는 순간일 수 있다. 비우는 연습을 하기에 적절한 타이밍이 아닐까 하는 생각이 든다. 짐이 가벼운 것도 중요하지만 마음을 가볍게 하는 것 또한 중요한 일이다. 우리는 가벼워질 때 비로소 행복감을 느낀다.

떠나기 전부터 너무 많은 것을 채우고 너무 멀리 그리고 너무 넓게(한 번에 여러 곳을 보는 여행이란 의미다) 가는 것은 큰 의미가 없어 보인다. 정말 중요한 것은 깊이가 아닐까. 여행이라고 해서 꼭 다른 나라에 가거나 멀리 가야 하는 건 아닐지도 모른다. 집 앞 공원이라도 그 시간에 온전히 나를 마주할 수 있다면, 내 마음이 홀가분해지고 편안해지면서 '힐링'이라고 말할 수 있다면 그야말로 값진 여행이 아닐까 싶다.

나를 내려놓고 비우는 일,
그것이 진정한 여행이다.

때로는 방황해도 괜찮아요
인생도 그리고 여행도

그대 낭만이 없다 말하지 마라.

반복되는 일상에서 벗어나 훌쩍 어디론가

떠나고 싶은 마음, 한 번쯤 내가 아닌 다른 삶을 꿈꾸고

이성과 감성이 공존할 때 그 무엇에 얽매이지 않고

거침없이 마음 가는 대로 가고 싶은 마음이 들 때가 있다면

당신 또한 낭만을 꿈꾸는 사람이다.

방황하는 인생일 때 내 삶의 진짜를 찾을 수 있듯이 여행도 방황해야
한다. 그 순간 보이지 않던 것들이 보인다. 나는 마음이 답답하면 목적
없이 걷곤 한다. 어디로 갈지 정해 두지 않은 채 아무 생각 없이 그저

발길이 닿는 곳으로 향하고, 답답함이 해소되었다 싶으면 내가 걸어간 길을 되돌아오곤 한다. 목적지는 없지만 결코 방황의 시간이라 말할 수 없다. 그것 또한 나만의 소중한 시간이기 때문이다.

여행을 떠날 때도 마찬가지다. 큰 루트는 정해 놓지만 그곳으로 가는 정확한 길과 과정은 미리 결정하지 않는다. 큰 방향을 정해 놓기는 해도 여기에 얽매이지 않는 것이다. 지금까지 내 삶이 그렇듯이 말이다. 그저 마음 가는 대로 움직이며 걷고 싶으면 걷고 쉬고 싶으면 쉬고 보고 싶은 것이 있으면 걸음을 멈춰 몇 시간이고 지켜본다. 계획된 장소에 늦게 도착하거나 결국 목적지에 도달하지 못할 때도 있지만 그런 여정을 좋아한다. 그것 또한 여행이니까.

친구와 함께 일본을 여행한 적이 있다. 출발하기 며칠 전부터 일정을 짜고 먹고 싶은 음식 리스트를 만들기도 했다. 함께 떠난 여행 1일 차의 밤, 게스트하우스에서 맥주를 마시는데 친구가 아쉬워했다. 오늘 우리가 가야 할 곳들을 못 갔다고. 몇 개의 포인트를 정해 놓고 움직이는데 중간중간 심플한 인테리어가 돋보이는 분위기 있는 상점과 이름 모를 곳에서 시간을 보내느라 결국 마지막에 가기로 한 곳은 들르지 못한 것이다.

아차, 싶었다. 함께 계획한 스케줄을 미뤄 둔 채 너무 내 위주로만 하루를 보냈구나 싶었다. 사실 진작 말하고 싶었지만 나를 위해 슬쩍 아껴 둔 이야기 같았다. 하지만 친구는 자신의 감상을 이렇게 이었다. 비록 우리가 정해 둔 곳을 다 보지는 못했지만 왠지 구석구석 제대로 구경한 것 같다고, 계획에 없는 것들을 보고 먹을 수 있어서 진짜 신선했다고 말이다. 고마웠다. 날 이해해 주는 친구의 배려심과 그 시간을 나만 즐긴 게 아니었다는 생각에 조금은 마음이 놓였다.

<u>"정말 중요한 것은 눈에 잘 보이지 않아</u>

<u>마음으로 봐야 해"</u>

내가 참 좋아하는 《어린왕자》의 한 구절이다. 목적지를 정해 놓으면 여정의 중간중간 숨어 있는, 온전히 마음을 비워야만 느낄 수 있는 아름다움을 놓치기 쉽다. 목적지에 가야 한다는 목표 때문에 정말 중요한 것은 흘려보내고 그저 남들이 정해 놓은 루트대로 움직인다. 인터넷에서 찾은 '평점 높은' 음식을 먹고 남들과 같은 여정으로 목적지에 도착한다. 역시 맛집이네, 여긴 생각보다 별론데 하며 남들이 정한 포토 존에서 인증샷을 찍는다. 핵심 스폿에 발도장을 쾅쾅 찍으며 목적지에 왔으니 이번 여행은 성공했다고 말한다.

그사이 놓쳐 버린 더 값지고 가치 있는 것들이 수두룩한데 말이다. 물론 처음엔 누구나 이런 과정을 밟는다. 여행이 서툴고 그 나라를 잘 알지 못하니 남들이 추천하는 맛집과 관광지를 찾아가는 것만으로도 시간이 부족하다. 이는 실패할 확률이 적은 대신 너무 획일적인 여행이 된다. 사실 여행을 자주 다닐 수 없을 때는 나도 그런 적이 있다.

하지만 비행을 하며 전에 여행한 곳을 아무 생각 없이 다시 갈 때면 '내가 언제 이런 곳에 왔나' 싶을 정도로 예전에 보지 못한 곳이 무수히 많다는 것을 새삼 느낀다. 물론 여행 자체에 특수한 '목적'이 있다면 이야기는 달라진다. 박물관과 건축물을 보고 싶거나 음악과 미술에 관심이 있다면 그에 걸맞은 곳을 찾아가야 한다.

여행에서 중요한 것은 목적지 자체가 아니다. 전에는 보지 못한 것을 보고 느끼지 못한 것을 느끼고 품지 못한 것들을 품으며, 그 시간을 통해 나 자신을 돌아보고 내가 무엇을 좋아하고 사랑했는지 느끼는 과정, 그것이 진정한 목적지다. 다음 여행은 좀 더 여유 있는 일정을

낭만비행

짜면 어떨까 싶다. 이리저리 방황하면서 진짜를 볼 수 있을지도 모르니 말이다. 현지인들이 찾는 식당에 가면 그들의 역사와 문화를 느낄 수 있다. 보기 좋도록 멋스럽게 꾸며 놓은 관광지보다는 허름한 골목에서 아이들의 천진난만한 모습과 그 나라 사람들의 일상과 문화를 마주할 때 '진짜'를 경험할 수 있다.

최근에는 여행자들의 수준도 매우 높아졌다. 보기 좋게 꾸며 놓은 것, 먹기 좋게 만들어 낸 것, 듣기 좋게 지어 낸 것으로 인생에 남을 만큼 강렬한 인상을 남기기에는 한계가 있다. 그것은 진짜가 아닐 수도 있다. 그저 우리 눈맛, 코맛, 입맛에 맞게 꾸며 놓은 것이다.

이제 진짜 여행을 떠날 차례다.

여행지까지 무엇을 보고 들으며 갈지는 정해지지 않았다. 그 '과정'을 통해 얼마만큼 성장하고, 자신과 얼마만큼 깊게 마주할 수 있는지는 아무도 모른다. 언제나 정해 둔 방향대로 가는 게 옳은 일은 아닐 것이다. 때로는 길을 잃고 헤매더라도 그 순간 또한 좋은 경험이 될 수 있다. 방황과 방향은 한 끗 차이다.

사실 '방향'이란 낱말 안에는 '방황'이라는 의미까지도 담겨 있음을 느낀다. 정처 없이 떠도는 장소와 시간 역시 또 하나의 '길'이고 '방향'인 것이다. 이리저리 헤매며 정해진 루트에서 벗어나 내가 가고 싶은 대로 가고 내가 하고 싶은 대로 해도 틀렸다고 말할 수 없다. 때론 그 길이 우리 삶의 클라이맥스로 가는 지름길이 될지도 모른다.

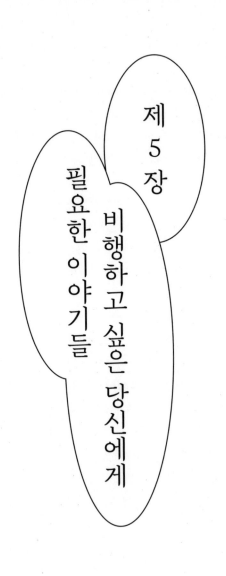

제 5 장

비행하고 싶은 당신에게

필요한 이야기들

승무원 시험 준비에 필요한
+ 10%의 마음가짐

대학에 입학한 뒤 본격적으로 승무원 준비를 시작했다. 하지만 앞날에 대한 막막함은 입학 전과 크게 다르지 않았다. 어디서, 어떻게 그리고 얼마만큼 준비해야 할까라는 궁금증은 물론이고 학원을 꼭 다녀야만 하는지, 영어는 어느 정도 수준이 되어야 하고 제2외국어도 능통해야 하는지…. 생각이 꼬리를 물면 남들 가는 유학도 꼭 가야 할 것 같았다. 그뿐만이 아니었다. 대외 활동이나 봉사 활동이야말로 누구나 갖추는 기본 스펙이니 해야 할 일을 따지자면 너무나도 많았다. 하지만 시간과 선택에서 이미 한계를 느꼈고, 이제 걷기 시작한 길은 꽤 까다롭고 멀어 보였다. 그렇게 고민은 점점 깊어져만 갔다.

물론 인터넷 카페나 학원, SNS를 통해 얻는 정보는 무수히 많았다.

그런데 기본적으로 제대로 아는 것이 많지 않았고 그나마 '알게 된 것'도 100퍼센트 확실한지 가늠할 수 없었다. 해외여행객이 늘고 항공 산업이 발달하면서 항공사 규모가 커지자 채용 또한 크게 늘어났으며, 이에 맞춰 많은 대학에 항공과가 생겼다. 한데 내가 졸업한 2007년만 해도 항공사는 대한항공과 아시아나뿐이었다(저비용 항공사가 하나 둘 신생 업체로 이름을 알리기 시작할 때였다). 항공사와 승무원에 대한 정보가 부족한 것은 물론이거니와 '남자 승무원'은 한층 더 생소한 직업이었다. 대학 시절은 내 꿈에 대한 현실을 다시금 깨닫고 모색한 시기였다.

'내가 꿈을 이룰 수 있는 최선의 방법은 무엇일까?'

우선은 일상에서 '승무원다운 모습'을 갖추는 연습부터 시작했다. 첫 단계는 유튜브나 TV 프로그램에서 접하는 승무원의 이미지, 어투 등을 모니터링하는 거였다. 나는 정확하지 않은 발음이 가장 큰 단점이었다. 이를 보완하기 위해 누군가와 대화할 때면 천천히 또박또박 말하는 연습을 했다. 길을 걸을 때도 어깨와 허리를 곧게 펴고 최대한 당당한 자세로 걸었다. 그런가 하면 웃는 인상을 만들기 위해 (다소 과장된 행동으로 보였겠지만) 밤낮으로 마우스피스를 착용했다.

정확한 발음, 절제된 자세, 기분 좋은 인상.

삼박자가 제대로 갖춰진다면 면접 때도 자신 있게 나를 보여 줄 것이고, 그래야만 인위적이지 않은 내 진심을 드러낼 수 있다고 생각했다. 졸업 시즌까지 한결같은 일상을 보냈다. 가장 적합한 승무원의 모습을 만들기 위해서였다. 승무원이 갖춰야 하는 기본 소양을 충분히 익힌 뒤 마지막으로 신경 쓴 부분은 가장 중요한 최종 관문, 바로 면접이었다. 필요한 것은 오로지 자신감이라고 생각했다.

과제 발표를 비롯해서 사람들 앞에 서는 자리라면 두려워하지 않으려고 애썼다. 관광학과라는 전공 특성상 조별 발표가 많았는데 이런 기회를 만날 때마다 발표자 역할을 자청했다. 사람들 앞에 서는 자리에서 침착하고 확실하게 의견을 전할 수 있는 태도야말로 승무원의 요건이라고 생각했기 때문이다.

면접을 앞둔 시기에는 서울 강남과 홍대 쪽에서 승무원 준비생들이 모여 면접 연습을 하는 스터디 모임에 참가했다. 이렇게 본격적인 준비를 시작했다. 이 모임은 실질적인 정보를 공유하는 최종의 장(場)인 만큼 독학으로 승무원을 준비하는 사람들에게는 큰 도움이 되었다. 단지 친목을 도모하는 자리가 아니기 때문에 함께 준비하면서도 적절한 거리를 두려고 노력했다. 부정기적인 반짝 스터디(공채가 있을 때만 잠시 만들어지는 모임)로 모여서 면접 연습 동영상을 찍으며 저마다 단점과 개선점을 찾아 나갔다.

자, 이제부터 본격적인 승무원 준비에 들어가자.

합격하려면
기본기는 당연히 갖춰야겠지요

1. 토익 시험

승무원의 꿈을 좇는 동안 발목을 잡은 문제가 있었다. 가장 많은 시간과 노력을 투자해야만 했던 '토익 점수'다. 대학 3학년 때 처음으로 토익 시험을 치렀다. 주변에서는 "그래도 700점은 넘을 거야."라며 응원했다. 900점대로 공기업에 입사한 친구도 나라면 자기와 근접한 수준일 거라고 격려해 주었다. 그런데 첫 시험을 보고 나서 점수를 확인한 날, 믿지 못할 결과에 눈을 몇 번이나 비볐는지 모른다. 재로그인을 수없이 반복해 봐도 내 점수는 변함없는 420점…. 편입 공부를 한 터라 문법과 독해는 괜찮은 점수가 나왔는데, 듣기가 문제였다. 그 후로 몇 번이고 토익 시험에 응시했지만 듣기 점수는 좀처럼 오르지 않았다.

어쩔 수 없이 학교 수업 시간을 제외하고는 하루의 대부분을 영어 '듣기' 공부에만 전념했다. 등하교 시간은 물론 잠자리에서도 영어를 틀어 놓았다. 그렇게 3개월을 지내다 보니 신기하게도 조금씩 귀가 트이기 시작했고, 6개월 뒤에는 남들 만큼 듣기 점수를 받을 수 있었다. 하지만 만족이라는 말은 아직까지 무색했다. 발 사이즈 두 배가 넘는 점수라곤 하나 항공사 원서를 쓰기엔 터무니없이 모자랐기 때문이다.

'아, 이렇게까지 해 봐도 여전히 부족하구나…'

다음 단계는 대학 토익 캠프에 지원하는 거였다. 한 달간 연수원에 들어가 온종일 토익 공부만 했다. 다행히 580, 625… 점수가 조금씩 오르기 시작했다. 그리고 드디어 800점대 진입. 무려 열다섯 번의 토익 시험을 보고 난 뒤에 얻은 쾌거다. 비록 누군가에게는 크게 어려운 일이 아니었을지 모르나 적어도 내게는 비할 바 없이 큰 성과이자 기쁨의 순간이었다.

2. 대외 활동

갈 길은 여전히 멀고 험난했지만 고등학교 때부터 축적해 둔 봉사 시간 덕분에 이 분야 점수만큼은 월등히 높은 상황이었다. 대외 활동은 첫 실천 단계에서는 어렵고 두려운 마음을 가질 수 있다. 그런데 한 가지씩 체험하다 보면 노하우가 생기는 것은 물론 자연스레 매력이 느껴져서 이후의 활동을 편하고 즐거운 마음으로 이어 갈 수 있다.

또 한 가지, 대외 활동의 폭이 넓어질수록 각 학교의 특정 분야에 관심이 있는 관련 전문가와 접하는 기회도 많아진다. 그들과 정보를 공유하는 과정을 통해 또다시 새로운 영역에 눈뜨는 것이다.

나는 대학 입학 뒤에 꼭 참가하고 싶은 활동이 정해져 있었다. 언젠가

TV에서 땀 흘리는 동료와 물을 나눠 마시는 대학생 국토대장정 광고를 본 것이다. 나도 대학생이 되면 반드시 그곳에 합류해 전 국토를 걸어 보고 싶다는 생각이 가득했다. 처음 지원한 대한적십사사 국토대장정을 시작으로 하여 KEB외환은행 홍보활동 및 장학생 선발, 현대자동차 청년봉사단 인도팀 대표 그리고 대한적십자사 표지 모델 등 활동 분야를 넓혀 가며 대학 시절을 보냈다.

그러던 중 우연히 대한적십자사 국토대장정이 지상파 방송을 탔고, 여기서 우연히 가천대학교라는 타이틀을 달고 대장정하는 내 모습이 비춰진 덕분에 총장님상(학교에서 주는 상)을 받기도 했다.

이 모든 게 2년 동안 아르바이트를 병행하면서 보낸 일상이다. 늦둥이 대학생이다 보니 해야 하고, 이렇듯 하고 싶었던 일에 뛰어들기에는 몸이 열 개라도 모자랄 지경이었다. 때론 체력이 떨어져 병원 신세까지 지며 누구보다 바쁜 시간을 보냈지만 매 순간이 행복하고 즐거웠다.

3. 마음 다잡기

항상 운이 좋았던 것은 아니다. 이후 계획한 일을 하나하나 이루며 기쁨을 누리기 전까지 사실은 훨씬 많은 좌절을 겪어야 했다. 20개가 넘는 대외 활동을 했지만 그 배가 넘는 곳에서 탈락의 쓴맛을 맛보아야 했고, 팍팍한 스케줄을 소화하다 보니 학교 친구들과 함께 하는 시간이 부족하기도 했다. 아르바이트에 늦고 때로는 과제 기한을 못 맞추는 등 꼭 해야 할 일들을 놓쳐 버리는 경우도 있었다. 항공사 입사도 몇 번이나 서류 탈락의 고배를 맛보아야 했으니 말이다.

지인이나 SNS를 통해 속속 들려오는 타인의 합격 소식을 접할 때면 나도 모르게 마음이 가라앉은 적도 많다. 서류 탈락이 계속되자 이대로 꿈을 이룰 수 없을지도 모른다는 생각이 나를 더 초조하게 만들었고, 오로지 승무원의 삶에 올인했는데 비행을 하지 못한다면 앞으로 어떻게 살아가야 할지 생각조차 하기 싫은 상상에 빠지기도 했다.

이럴 때마다 '억지로라도' 마음 다잡기 연습을 반복했다. 하늘 위에서 일하는 내 모습을 상상하는 것이었다. 기내에서 손님과 마주하는 모습, 유니폼을 입고 캐리어를 끄는 모습을 상상하면서 힘든 시간을 조금씩 이겨 냈다. '나는 무조건 된다'는 마법 같은 주문을 외우기도 했다.

"넌 꼭 성공할 거야. 네가 성공해야지 누가 성공하겠어. 너만큼 간절하고 열심히 한 사람은 없다는 걸 믿자. 괜찮아, 괜찮아, 괜찮아. 곧 하늘을 날 수 있을 거야."

2015년 3월 마침내 항공사 입사의 꿈을 이뤘다. 그리고 참 다행히도 생각하는 것이 요즘은 취업 환경이 월등히 좋아졌다. 2006년 무렵부터 국내에도 신생 항공사가 하나둘씩 생겨나기 시작했고(이전까지는 대형 항공사만 존재했다), 비교적 저렴한 가격대에 고객 니즈를 만족시키면서 해외 여행의 대중화를 실현하는 계기가 마련된 것이다.

오랜 시간 존재해 온 '기존 틀'에서 벗어난 이들 항공사는 혁신과 도전 정신을 갖추고 어느덧 10년의 성장 과정을 밟는 중이다. 덕분에 항공 산업의 새로운 역사가 시작되었으며 여행의 대중화를 선도하는 역할까지 톡톡히 해냈다. 자연스레 항공사 채용이 월등히 많아졌고, 저비용 항공사의 채용 규모가 대형 항공사를 넘어섰으며 앞으로도 그 폭은 점점 더 확장될 거라고 예상한다.

길을 걷다가 우연히 승무원을 보면 눈을 떼지 못하던 시절이 있었다. 그 잔향이 온종일 이어지며 요동치는 가슴을 멈출 수 없을 만큼 간절함이 가득했다. 승무원의 모습을 보기 위해 하루 종일 공항에 머무르기도 하고, 틈틈이 승무원들의 SNS를 훔쳐보기도 했다. 휴대전화 배경 화면이 하늘 위를 나는 비행기임은 말할 것도 없고, 그 안에서 서비스하는 나 자신을 날마다 상상하고 꿈꿨다.

신기하게도 그토록 원하고 갈망한 꿈이 일상이 되었고,
현실의 시간에서 승무원의 삶을 살고 있다.

낭만비행

승무원이 되기 위한
합격의 정석이 있을까요?

영어는 얼마나 잘해야 하며, 제2외국어는 필수인가요?

키가 작은데 괜찮을까요?

스터디에서 다른 사람들이 제 노하우를 가져가는 게 싫어요.

정보가 부족한데 학원을 다녀야 할까요?

전공은 뭐가 좋을까요? 항공과에 가면 유리할까요?

남자 승무원이 되는 건 훨씬 어려운 일인가요?

승무원 헤어스타일 등 구체적인 스킬도 미리 터득해야 하나요?

4년 전 내가 승무원 시험을 준비하면서 궁금증과 고민이 많았던 것처럼 수많은 준비생이 같은 과정을 겪으며 같은 질문에 고민하는 모습을 본다.

지인 중에 승무원이 있거나 관련 학과(항공과)에 입학한다면 훨씬 마음이 놓이겠지만 대부분은 그런 도움을 얻을 기회가 부족한 편이고, 결국 인터넷에 올라온 정보나 커뮤니티 활동에 기대기 마련이다.

그런데 현실적으로 따져 보자면 넘치는 정보가 '정석'이라고 말할 수는 없다. 물론 인터넷 커뮤니티가 실제 경험자의 목소리를 보다 생생히 들을 수 있는 중요한 장이 되기도 하지만 그들의 이야기가 내 합격을 보장하지는 않기 때문이다. 수많은 정보 속에서 내게 꼭 맞는 정보를 찾기란 결코 쉽지 않은 문제라는 전제를 두고 싶다.

내 기준에서 결론부터 내려 보자면 솔직히 모든 질문의 답은 이렇다.

'그럴 수도 있고 아닐 수도 있다.'

언어 구사력이 특별히 뛰어난 승무원이 있는 반면에 그렇지 못한 승무원이 있기 마련이고(물론 항공사가 제시하는 최소한의 요건은 갖추는 게 기본이다), 항공과를 나왔는가 하면 무관한 학과를 졸업한 이도 대다수다.

외모를 따지자면, 키가 작은 사람도 있고 모델처럼 큰 사람도 있다. 정보가 부족해서 혼자 준비하기 힘들면 학원을 다니는 게 좋지만, 스스로 준비하는 승무원 지망생도 많다. 절대 인원수로 따지자면 여자 승무원보다 남자 승무원이 적지만, 지원 비율로 따져 보면 합격 인원이 비슷하다고 봐야 맞다(상대적으로 적게 뽑지만 그만큼 적게 지원하니 크게 걱정할 필요는 없다는 의미다). 이미 조금씩은 답이 나온 셈인데, 결국 위에 언급한 내용들이야말로 승무원을 꿈꾸는 '준비생'들이 가장 궁금해하는 질문의 핵심이다.

지금부터는 경험자에게 듣고 싶은 이야기를 선배 입장에서 편하게, 가감 없이 정리해 보고자 한다.

낭만비행

승무원이 되려면 항공과나 학원이 필수일까?

승무원을 꿈꾼다면 대학은 반드시 선택해야 할 가장 큰 고민일지도 모른다. 이 선택에 따른 책임과 결과가 인생의 방향을 바꿀 수도 있기 때문이다. 진로를 일찍 정했다는 안도감이 들 수도 있지만, 그로 인해 결정해야 하는 부분이 따르는 건 어쩔 수 없는 청춘의 과제일 것이다.

승무원이 되려면 꼭 항공과에 진학해야 하는지, 꼭 학원에 다녀야 하는지에 대한 질문을 많이 받는다. 나 또한 너무나도 고민하고 고민한 부분이다. 그 답은 앞에서도 말했듯이 YES 혹은 NO다. 항공과에 진학하거나 학원에 다니면 좋은 점도 많지만 때론 과하거나 부족한 면도 있기 때문이다. 아래 내용들을 참고하여 자신의 상황이나 환경에 맞는 선택을 했으면 좋겠다.

우선 항공과에 진학하면 좋은 점부터 들어 보자.

1. 승무원 준비에 필요한 정보 획득

항공사 채용은 일반 기업의 상반기 하반기 채용과 별개로 항공사가 필요할 때 채용 공고를 내곤 한다. 따라서 수시로 채용 공고와 정보를 확인하며 준비하면 된다. 또한 채용 방식과 절차가 다양해진 만큼 대학 항공과나 학원에서 체계적이고 세심한 준비를 하는 것도 큰 도움이 된다.

2. 어피어런스(이미지 연출법)

개인적으로는 가장 큰 도움을 받을 수 있는 부분이라고 생각한다. 승무원다운 머리는 하루아침에 만들어지는 것이 아니다. 다 비슷해 보일 수도 있지만, 개인의 취향과 외모에 맞는 스타일을 찾고 연출 방법을 익히는 건 좀처럼 쉬운 작업이 아니다. 머리 연출과 화장법은 배우고 싶어도 따로 배울 수 있는 게 아니다. 물론 면접 때마다 홍대나 강남에서 승무원 머리 연출을 잘하는 미용실을 찾는 것도 좋은 방법이긴 하나 그 비용 또한 만만치 않다. 항공과에 들어가면 승무원 머리 연출법을 배울 수 있다.

3. 체계적인 면접 준비

주어진 장소와 시간 안에서 자신의 매력을 극대화해야 하는 매우 어려운 과정임은 틀림없다. 면접의 꽃이라 부르는 승무원 면접은 웃는 연습부터 이미지 표현 그리고 말투와 표정에서 나오는 태도, 인성까지 다방면으로 준비해야 하기 때문에 단시간에 준비하는 것보다 자연스러운 모습이 몸에 익어야 좀 더 자신을 어필할 수 있다. 항공과 혹은 승무원 학원에서 체계적인 면접 연습을 꾸준히 할 수 있기 때문에 큰 도움이 될 것이다.

4. 항공 용어와 항공 산업에 대한 지식 습득

어느 산업 분야든 그 안에서 쓰는 전문 용어가 있다. 젤리, 점프시트, 카트, 아일 등등. 물론 항공사에 입사하는 동시에 자연스럽게 배우는 부분이기는 하다. 단, 항공 용어를 미리 익혀 두면 비행 적응에 좀 더 유리한 것이 사실이다.

그런가 하면 항공과에 진학하는 것이 오히려 걸림돌이 된다는 단점도 생각해 볼 수 있다. 사실 항공과 출신의 승무원은 20~30퍼센트 정도다. 승무원들의 전공은 항공과와 무관한 경영학과부터 수학과, 무용과, 생물학과, 미술대학까지 다양한데, 그동안 공부해 온 지식과 경험 덕분에 좀 더 다양한 측면에서 비행을 바라볼 수 있다. 아나운서를 준비하던 신문방송학과 출신의 승무원은 재능을 살려서 멋진 목소리로 창밖의 야경을 설명하는 이벤트를 하며 비행을 즐기고 있다. 미술을 전공한 후배는 기내에서 캐리커처를 그려 줌으로써 재능도 살리고 손님들을 기쁘게 하는 등 좀 더 행복한 비행을 한다. 체육학과를 전공한 승무원은 쉬는 날이나 해외 체류 시 운동을 열심히 해서 헬스 대회에 나가기도 한다. 이러한 의미를 인지한 뒤 다음 몇 가지 사항을 고려한다면, 반드시 전문 학원이나 전공 학과에 갈 필요가 없을 수도 있다.

1. 직종 선택의 제한성

항공과에 입학해 항공사에 취업할 수 있다면 이상적이지만, 최근 항공 승무원의 인기가 높아지면서 경쟁률 또한 높아졌다. 아쉽게도 항공사에 취직하지 못하는 졸업생이 적지 않다. 이들은 다른 직종을 준비하며 새로운 삶을 꿈꾸지만 학교에서 승무원만 준비한 터라 다른 인문계열 학생에 비해 취업 제한이 있을 수밖에 없다.

2. 항공과 메리트에 대한 감소

내가 대학을 졸업한 2007년 당시만 해도 항공과가 있는 대학은 다섯 개밖에 없었다. 따라서 항공과는 좀 더 손쉽게 항공사에 취업하는 루트가 되었다. 그런데 지금은 열 배가 증가한 50여 개나 생기면서 항공과 자체가 항공사 입사에 큰 메리트로 작용하진 않는다.

3. 다양한 경험의 부재

항공과가 아닌 일반 학과에서는 다양한 꿈을 가진 친구들을 만난다. 같은 공부를 하지만 저마다 목표하는 위치가 다르기 때문에 함께 어울리며 내가 접하지 못한 분야의 이야기와 정보를 얻고 느낄 수 있다. 내 경우는 관광경영학과에서 호텔, 여행사, 은행원, 기자, 마케팅 등 다양한 목표를 가진 사람들과 함께 공부했다. 대외 활동 역시 서로가 다른 분야에서 활약하는 걸 보고 들으며 내가 알지 못하는 세상을 접하기도 하고 경험하기도 했다.

항공과에 들어가면 일단 같은 꿈을 가진 사람들을 만난다. 쌓아야 하는 스펙이 같다 보니 공부하는 내용이나 대외 활동이 비슷하여 다양한 경험이 부족할 수도 있다. 같은 꿈을 가진 이들이 모여 시너지 효과를 낼 수도 있지만 시선을 좀 더 넓히는 기회가 차단되기도 한다.

4. 부담스런 학원비

나도 취업을 앞두고 과외나 학원을 알아본 경험이 있다. 실제로 학원을 찾아가 이미지 체크와 커리큘럼에 대한 상담을 받기도 했다. 가장 큰 고민은 비용이었다. 사람마다 체감하는 게 다를 수 있겠지만 내게는 적지 않은 부담이었다. 하지만 친한 동기는 학원에서 많은 걸 배우며 채용 준비를 했기 때문에 그 비용이 아깝지 않다고 말하기도 한다. 물론 자신이 얼마만큼 열심히 하느냐가 관건이며, 비용을 들인 만큼 많은 걸 배우고 얻을 수 있다면 훌륭한 조력자가 될 것이다.

나이와 상관없이 문이 열려 있을까?

얼마 전 신입 후배와 함께 비행을 하게 되었다. 비행 중에 이런저런 이야기를 나누다가 나이에 관한 이야기가 나왔다. 내 나이를 듣고 "저랑 비슷하네요."라고 말하기에 한두 살 어린 줄 알았는데, 후배의 나이는 서른둘이었다. 어떻게 입사했느냐고 묻자 자신도 안 될 줄 알았는데 승무원이 되고 싶어 끝까지 도전한 결과 합격했다고 한다. 정말 우연히도 다음 날은 서른두 살 신입 후배의 입사 동기인 스물두 살 후배와 비행했다. 항공과 졸업 후 바로 지원했고 운 좋게도 한 번에 합격하는 영광을 얻은 경우다. 두 사람은 같은 기수지만 나이 차는 무려 열 살이다.

많은 사람이 언제까지 승무원에 도전할 수 있냐고 고민을 털어놓는다. 일단 여건이 안 돼서 다른 회사에 들어갔지만 승무원의 꿈을 놓을 수 없어 뒤늦게라도 도전하고 싶다는 사람이 적지 않다.

"저… 나이가 많은데 괜찮을까요?" 혹은 "지금은 너무 어린 것 같아서 준비를 미루고 있는데 언제가 적당한 나이일까요?" 등등 나이 때문에 고민하는 이가 적지 않다.

사실 오래전부터 나이는 마치 보이지 않는 장벽처럼 큰 궁금증의 대상이었다. 준비생들 사이에선 어느 항공사는 몇 살 이상은 채용하지 않는다더라, 또 다른 항공사는 갓 졸업한 사람만 뽑는다더라 등의 소문이 돌기도 했다. 그런데 항상 획일적인 기준은 아니지만 어느 기업이나 적당한 시기라는 것이 있다. 신입 승무원들을 보면 어느 나이대가 많고 어느 정도의 키가 적당한지 누군가 정해 놓지는 않았어도 평균 분포도가 나타나곤 하지만, 이 또한 기수마다 다르기도 하다.

남자는 군대 졸업하고 대학 졸업한 나이인 스물일곱에서 스물아홉 살쯤 될 것이고, 여자는 전문대와 4년제 대학이 다르긴 하나 스물둘에서 스물여섯 살쯤 될 것이다. 이는 항공사뿐만 아니라 다른 모든 기업의 신입 사원 평균 나이 아닐까.

하지만 그것은 말 그대로 평균일 뿐이다. 항공사는 다양한 사람이 근무하는 곳이다. 특히 내가 일하는 항공사는 나이에 관대해서 신입 승무원의 연령대 또한 매우 다양하다. 전혀 다른 직장이나 타항공사에서 전직 또는 이직을 한 경우도 많고 물론 대학을 갓 졸업한 사회초년생도 함께 근무한다. 그 누구도 '승무원에 적합한' 나이나 조건을 판단하고 결정할 수 없을 것이다. 저마다 자신의 역량을 최대한 발휘할 수 있는 시기가 다르기 때문이다. 자신이 지닌 능력과 매력을 상대적으로 젊은 나이에 한층 극대화하는 사람이 있는 반면, 나이가 깊어지면서 내공이 쌓여 더욱 깊고 울림 있게 보여 줄 수도 있다.

면접에서 평가하는 요소는 그 사람의 태도, 목소리, 미소 등 나이 외에도 무수히 많다. 따라서 나이에 기준을 맞추기보다 어느 정도 준비가 되었다면 과감히 지원하는 게 좋은 방법일 것이다. 스물두 살의 지원자가 발랄함을 내세울 수 있다면, 서른두 살의 지원자는 신뢰와 점잖은 태도로 면접에서 좋은 점수를 받을 수 있는 법이다. 나이 때문에 꿈을 접을 이유는 하나도 없다. 끊임없이 도전하고 꿈꾸는 자만 성공을 맛볼 수 있고 꿈에 가까이 갈 수 있다.

후회 없는 도전을 위해, 자격 요건은 다다익선

일반 기업에서도 토익은 빼놓을 수 없는 입사 요건이다. 물론 그 제한선이 있긴 하지만 최소한의 요건이라고 하는데, 정말 어느 정도의 스펙을 가진 사람들이 합격하는지 너무나 궁금한 문제이기도 하다. 최근에는 토익 외에 토익스피킹, 오픽 등 다양한 방법으로 외국어 능력을 어필할 수 있게끔 지원자들에게 선택의 폭을 넓혀 주는 기업도 하나 둘 늘고 있다.

승무원도 제한 점수를 따로 두긴 하지만, 다른 기업이나 직군과 비교할 때 사실 높은 편은 아니다. 남녀 불문하고 550점 이상이면 지원할 수 있다. 남자는 800점대여야 한다는 말이 있지만 정확한 정보는 아니다. 다만 합격생들의 점수를 얼핏 보자면 여자는 700점 이상, 남자는 보통 800점 이상이다. 토익스피킹은 보통 6급 이상이다. 이는 평균 지표일 뿐 다른 이력서 항목도 함께 평가하기 때문에 '필수적인 합격 점수'는 아니다. 즉 550점인데 합격한 여자 승무원도 있고 680점인데 합격한 남자 승무원도 있다는 의미다. 그래도 남들만큼은 점수를 갖춰 두는 편이 혹여 떨어진다고 해도 후회는 없지 않을까 싶다.

보통 면접에서 탈락하면 이것저것 그 이유를 찾으려고 한다. 컨디션이 좋지 않았거나 목소리가 자연스럽지 못했거나, 혹은 너무 떨려서 웃는 이미지를 보여 주지 못했다고 생각한다. 심지어는 너무 어려운 질문을 받았다고 자책하기도 한다. 이때 영어 점수가 부족하면 탈락 이유를 오로지 영어에만 집중한 나머지 다른 부족한 부분을 채우는 데 소홀해질 수 있다는 점에 유념하자. 나 역시 토익 점수가 발 사이즈만큼 나왔지만 꾸준히 노력하며 조금씩 높여 간 시기가 있다. 물론 토익 점수는 현재의 영어 실력이 반영되는 문제이고 노력에 따라 필요한 만큼 점수를 올릴 수 있다고 생각한다. 많으면 많을수록 좋고, 높으면 높을수록 좋다.

키는 마음대로 바꿀 수 없는 법

키가 작거나 키가 큰 사람들은 걱정부터 한다. 면접에서 키가 불리하게 작용할지도 모른다는 생각과 다른 지원자들에 비해 자신이 열등하다는 생각을 떨쳐 내기란 결코 쉽지 않다. 이들에게 해 주고 싶은 말이 있다.

"정말 승무원이 되고 싶나요? 그런데 우리가 키를 바꿀 수 있을까요? 물론 걱정되는 마음은 어쩔 수 없지만, 바꿀 수 없는 문제를 고민하느니 자신을 더 보여 줄 수 있는 부분에 집중하면 어떨까요? 아니면 자신이 갖지 못한 부분을 채우기 위해 노력하는 건 어때요? 어학이나 발성 연습 등 노력해서 바꿀 수 있는 부분들 말입니다."

충분히 이해한다. 키가 작거나 목소리가 얇거나… 신체적으로 다른 사람보다 부족하다고 느끼면 이미지가 중요한 직업이니만큼 면접에 불리하게 작용할까 걱정하는 건 당연하다. 하지만 걱정할 필요가 없는 부분이다. 승무원의 키는 정말 다양하다. 물론 점점 커지는 추세지만 이는 시대가 변하면서 성장 상태가 변했기 때문이다. 그러니 자기가 가진 장점에 더욱 집중했으면 좋겠다.

우리는 자신이 바꿀 수 없는 문제에 매달려 시간을 낭비할 때가 많다. 키가 작은 사람은 분명 다른 사람이 갖지 못한 강점이 있기 마련이다. 강점을 살려 자신을 어필한다면 약점을 월등히 뛰어넘지 않을까? 그저 외모로만 승무원을 뽑는다면 아마 연예인이나 모델을 뽑아야 할 것이다. 하지만 나처럼 그렇지 않은 사람들도 승무원이 되었고 비행을 하고 있다. 키가 작은 사람도, 너무 큰 사람도 많다. 어쩌면 남들보다 불리한 조건일 수 있지만 다른 좋은 점을 많이 갖추었기에 당당히 합격해서 비행하고 있다. 그러니 바꿀 수 없는 문제는 마음에 고이 접어 두자. 노력해 얻을 수 있는, 변화가 가능한 것들에 집중할 것. 당신이라면 충분히 가능하다.

승무원의 스케줄 운용 범위

승무원들은 월말이 되는 시기면 은근히 마음이 두근거린다. 스케줄이 나오기 때문이다(스케줄어 나오는 시기는 항공사마다 다르다).

월말에 스케줄이 나오면 다음 달 스케줄부터 정리한다. 내가 신청한 연차가 잘 적용되었는지, 친구의 결혼식 혹은 중요한 자리에 참석하기 위해 쉬는 날짜를 체크하고 행사와 여행, 각종 모임의 스케줄을 등록하면 어느덧 나의 스케줄 달력은 꽉 찬다. 내가 어느 나라로 비행하고 어떤 사람들과 비행하는지 한 달 스케줄이 나오는 역사적인 순간이다. 비로소 다시 한 달이 시작되는 걸 느끼는 동시에 순식간에 한 달이 지나갔다는 걸 아쉬워하며 "시간 참 빠르다!"를 연발한다.

이와 더불어 승무원이 아닌 지인들을 만날 때 자주 듣는 질문이 있다. 보통 한 달 혹은 일주일에 며칠간 일하냐는 것이다. 사실 이런 경우에는 어떻게 대답해야 할지 난처하다. 스케줄 근무를 하는 터라 쉬는 날이 매주 다르기 때문이다. 일주일에 한 번 쉴 때도 있고 이틀을 연이어 쉬거나 운이 좋아 오프가 연속으로 나오면 나흘을 내리 쉬기도 한다. 하지만 일주일에 나흘을 쉰다 해도 매주 이렇게 쉬는 것은 아니다. 한 달 단위로 평균 8~10개의 오프가 나오기 때문에 한 주에 오프가 많으면 다른 주는 비행을 더 많이 하는 셈이다.

월초에 비행 시간이 긴 노선이 몰려 있어 상대적으로 월말에 쉬운 스케줄을 소화할 때도 있다. 평일에 오프인 날이 많고 출퇴근 시간이 비행 출발 시간에 따라 매번 다르기 때문에 혼잡한 출퇴근 시간을 피해 순조롭게 도로를 달려 출퇴근하는 건 스케줄 근무자들에게 주어지는 특혜다. 또한 새벽 비행을 위해 해가 뜨기 전에 출근하는 경우도 있고, 밤늦게 한국 공항에 도착하는 비행도 많다. 늦게 도착했다면 대부분 늦게 출근한 경우(때로는 이른 시간에 출근해서 밤에 퇴근하는 장시간 비행도 있다)이니 당연한 일이기도 하다. 다행히 저비용 항공사는 일부 항공사를 제외하고는 단중거리 비행 노선이 대부분이다. 물론 시차도 한두 시간 정도라서 시차 때문에 고생하는 일은 별로 없다.

승무원에게도 정해진 휴가가 있을까?

대부분의 직장인이 쉬는 빨간 날, 혹은 본격적인 휴가를 떠나 즐기는 메인 시즌. 이때야 말로 승무원 입장에서는 가장 바쁜 날들의 연속이다. 그렇다면 승무원은 언제 휴가 일정을 보내게 될까?

직장인이 가장 좋아하는 단어는 무엇일까! 지위고하를 막론하고 1등은 '퇴근'이다. 왠지 듣기만 해도 기분 좋아지는 말이다. 다음으로 그 누군가는 저녁 약속일 수 있고, 다른 누군가는 주말이나 월급일 수 있다. 휴가 또한 거부할 수 없는 아름다운 말이다. 여행을 일상처럼 즐기는 승무원들에게도 마찬가지다.

스케줄 근무를 하는 승무원은 휴가 날짜가 따로 정해져 있지 않다. 어떻게 보면 남들 쉴 때 가장 바쁜 직업이기도 하여 비수기(최근에는 여행이 보편화되면서 성수기와 비수기 개념이 모호해지는 것 같다)에 휴가를 떠나곤 한다. 한 달 전에 연차를 신청하면 다음 달에 쉬고 싶은 날이 오프로 나오는데, 스케줄보다 더 길게 쉬고 싶으면 동기나 동료들과 스케줄 변경을 한 뒤 오프를 붙여서 여행을 떠나는 등 나름대로 자유로운 시간과 여유를 만끽한다. 그리고 수시로 떠난다. 이는 항공권을 무료로, 혹은 매우 저렴한 가격으로 구입할 수 있기 때문이다. 오프 전날 티켓을 구매해서 떠나기도 한다. 정말 재밌는 즉흥 여행이다.

한편으로 비행하는 날에 갑자기 몸이 너무 아픈 상황이라면 어떤 대처를 하게 될까? 생각만 해도 속상한 일이다. 항공사는 갑자기 몸이 아프거나 예기치 않은 사고와 교통 체증으로 비행하지 못할 때를 대비하여 항상 스탠바이, 즉 대기 근무 체제를 갖추고 있다. 비행으로 나오는 근무 외에도 한 달에 몇 번은 스탠바이 근무를 하며 혹시나 있을 비정상적인 상황에 대비해 비행기가 정상 운행할 수 있도록 한다. 사정이 생겨 출근하지 못하는 승무원 대신 스탠바이 근무자가 비행하는 것이다.

어느 쪽이 더 좋을까? FSC vs LCC

저비용 항공사가 많아지면서 국내에 모두 여덟 개의 항공사가 있다. 보통 FSC(full service carrier)라 일컫는 대형 항공사와 LCC(low cost carrier)라 부르는 저비용 항공사가 있는데, 대한항공과 아시아나항공은 FSC, 제주항공 등 이외의 항공사는 저비용 항공사라고 부른다. 그렇다면 그 차이는 무엇일까?

가장 큰 차별점은 서비스하는 프러시저(procedure), 즉 과정에 있다. FSC는 기내의 모든 서비스와 식사, 음료 등을 무료로 서비스하지만, LCC는 일반 티켓의 70퍼센트 이하로 운임을 낮추는 대신 기내 서비스를 최소화하고 대형 항공사에서 무료로 이용하는 부분을 유료로 판매하기 때문에 고객이 기호에 따라 서비스를 구매할 수 있다. 즉 식사나 음료 등을 기내에서 돈을 내고 구입하는 식이다. 최근 FSC와 LCC의 경계가 없어지는 추세지만 아직까지 이렇게 구분한다.

비행 거리에도 차이가 있다. 대형 항공사는 최신 기종 A380 외에 다양한 기종을 운용함으로써 동남아, 미주, 유럽, 남미 등 열 시간이 넘는 목적지까지 운행한다. 반면 저비용 항공사는 보잉 737과 에어버스 320이란 단일 기종을 이용해 여섯 시간의 경계선 안에서 운행한다.

단일 기종을 이용하면 정비료와 운영비가 절감되고, 효율성 증대로 인해 여러 기종보다 수익의 극대화를 이루는 장점이 있다. 하지만 항공기의 운항 거리는 비행 시간 기준 최대 일곱 시간으로 제한되어

거리의 한계라는 단점 아닌 단점이 있다. 최근에는 저비용 항공사도 대형
항공기를 도입함으로써 이러한 한계를 극복해 나가고 있다.

저비용 항공사의 특장점은 무엇일까?

사실 이 책을 쓴 목표 중 하나는 저비용 항공사에 대한 정보와 장점을
알리는 것이었다. 그래서 여행하거나 취업할 때 도움이 되었으면 했다.
현재 국내 항공사의 채용 규모는 이미 저비용 항공사가 대형 항공사를
넘어섰고, 그만큼 채용과 규모 면에서 나날이 발전하는 저비용 항공사에
대해 아직은 정보와 지식이 부족한 것도 사실이다. 그럼 지금부터 LCC,
저비용 항공사의 몇 가지 장점을 이야기해 볼까 한다.

1. 중거리 비행

보통 일곱 시간 이상의 비행을 장거리 비행이라고 말하는데, 저비용
항공사의 경우 이런 장거리 비행이 없다는 게 장점이다. 오랜 연차가
쌓이며 하늘에서 보내는 시간이 길수록 외국보다는 한국에서 보내는
시간이 좋고 호텔보다는 집에서 자는 것이 좋아질 때가 온다. 또한
결혼하거나 아이를 키운다면 장거리보다는 중거리나 단거리 비행이
좋다. 해외 생활이 반갑지 않거나 기내에서 보내는 시간이 건조하고
답답하게 느껴진다면 더더욱 좋은 환경일 것이다.

2. 이벤트 비행

자신의 재능을 살려 비행을 즐길 수 있다. 재능이 없다면 사진 혹은
동영상을 찍거나 진행 보조를 하는 것만으로 하늘 위에서 재미와
감동을 함께 할 수 있다. 가끔 SNS에 올라오는 이벤트 비행처럼

낭만비행

기내에서 풍선 아트나 마술을 하고, 손님들에게 받은 사연으로 프러포즈를 해 줌으로써 고객 모두가 감동과 재미를 느끼며 비행하는 기회가 주어진다.

일반적으로 200석 이하의 항공기를 운영하는 저비용 항공사는 그 안에서 크고 작은 이벤트를 함으로써 200명의 손님과 함께 웃고 웃을 수 있는, 또한 그것들을 기획하고 진행할 수 있는 기회가 주어진다. 그것도 낭만이 있는 하늘 위에서.

실제로 많은 사람이 저마다 사연과 스토리를 가지고 있으며 그것들을 공유함으로써 때론 웃고 울기도 한다. 물론 대형 항공사도 이벤트 비행이 있긴 하지만, 저비용 항공사가 더 잦고 다양한 이벤트 비행을 하기 때문에 좀 더 보람 있고 즐거운 비행을 할 수 있다. 물론 모든 비행에서 이벤트를 하는 것은 아니고 이벤트팀에 들어가야 하니 부담 가질 필요는 없다.

3. 휴양지 비행

보통 중거리 비행은 베트남, 홍콩, 타이, 라오스, 괌 등 사람들이 가고 싶어 하는 휴양지 비행이 많다. 비행 목적지에 도착하면 하루 이틀 쉬는데 그동안 체력을 보충하고 휴식을 취하지만 때로는 여행하며 관광과 액티비티를 즐기기도 한다. 회사에서 무료로 숙식을 제공하기 때문에 거의 공짜로 여행을 즐길 수 있는 게 너무나도 좋은 장점이다. 보통 동남아시아는 한국보다 물가가 싸기 때문에 맛있고 값싼 음식을 맘껏 즐길 수 있다.

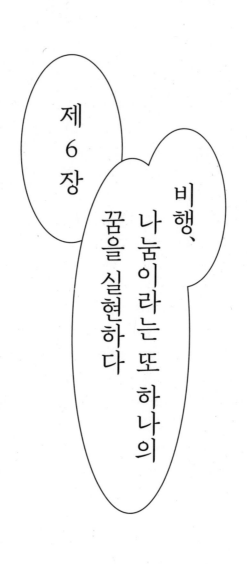

제 6 장

비행, 나눔이라는 또 하나의 꿈을 실현하다

세상의 가장 낮은 곳을
바라볼 기회가 생겼습니다

꿈 이야기를 늘어놓으니 누군가 묻는다. 다음 꿈은 무엇이냐고. 내 삶의 첫 번째 꿈은 승무원이었고 다음은 책을 쓰고 싶었다. 정말 운이 좋게도 두 번째 꿈이 이루어지는 순간을 앞두고 있다. 사실 이만하면 충분하다고 말하는 사람들도 있지만 나는 앞으로도 새로운 꿈을 꾸며 살고 싶다.

나의 다음 꿈은 전 세계를 비행하며 봉사하는 것이다. 아직 그 방법과 내용을 구체적으로 정하진 않았지만 매해마다 진행되는 해외 봉사 외에 대학에서 배운 국제 원조와 CSR을 통하여 아직 젊을 때 현장에서만 느낄 수 있는 적나라한 현실을 눈과 귀 그리고 가슴에 담으려고 한다. 그 후엔 교육이 필요한 곳에 학교와 도서관을 세우고 싶다.

굶주린 아이들은 먹을 걱정을 덜고 추운 아이들은 따뜻한 옷을 입는 등 인간으로서 마땅히 받아야 할 삶의 기본 욕구가 채워지고 최소한의 의식주가 해결되는 세상이 되기를 바란다.

많은 것을 바라는 건 아니고 단지 누구나 평등하게 기본 권리를 함께 누렸으면 좋겠다. 개인과 기업이 좋은 사회를 만들기 위해 발걸음을 대딛는 과정에 내가 함께 했으면 좋겠고, 그렇게만 된다면 우리 세상은 좀 더 살기 좋은 곳이 될 거라고 믿는다.

2013년 처음 떠난 인도 해외 봉사는 내가 어떻게, 무엇을 하며 살아야 하는지 다짐하는 계기가 되었다. 더불어 해외 봉사의 참뜻을 깨닫는 시간이었다. 2014년 하와이 유학 시절에는 홈리스 피플의 가난한 삶을 보며 가장 선진국이라는 미국도 피해 갈 수 없는 가난에 대해 더 고민하며 해결책을 찾기도 했다. 2015년부터는 본격적으로 전 세계 쓰레기 마을에 눈이 뜨기 시작했다. 필리핀 마닐라의 최극빈촌 톤도를 시작으로 2016년에는 캄보디아 시엠립의 안롱삐 쓰레기 마을을 다녀왔으며, 2017년에는 몽골 울란촐로트 쓰레기 마을을 찾았다.

다섯 살에서 열 살 무렵의 아이들이 학교에 가서 연필을 잡는 대신 집게를 잡고 쓰레기 더미를 뒤지며 살아가는 현실을 보며 이 아이들에게 정말 필요한 것을 무엇일까, 생각하게 되었다.

아직까지도 내가 가야 할 전 세계 쓰레기 마을은 케냐, 남아프리카, 인도네시아 등 무척 많다. 그리고 더 넓은 세상으로 시야를 옮겨 쓰레기 마을 외에도 지속적으로 비행하며 봉사할 수 있는 방법을 찾는 동시에 네팔, 아프리카 등 내가 꼭 봉사하고 싶은 곳들을 찾아다닐 예정이다.

처음 승무원이 되었을 때 생각했다. 내게 전 세계의 가장 낮은 곳을 볼 수 있는 기회를 주는 것이라고. 비록 나 한 사람이 찾아가 한 끼의 음식과 생필품을 전하는 것만으로는 결코 큰 도움이 될 수 없겠지만 꾸준히

낭만비행

한결같은 마음으로 실천하다 보면 함께 하는 사람이 하나 둘 늘어나고, 다 함께 힘을 모은다면 분명 더 많은 이에게 나눔을 전하는 좋은 결과가 있을 거라고 생각한다. 국내에서는 매달 찾는 보육원 봉사와 매년 겨울에 진행하는 달동네 연탄 봉사 그리고 정기적으로 참여하는 유기견 봉사와 독거노인 급식 봉사 등의 다양한 활동을 앞으로도 꾸준히 해나가고 싶다.

부디 나는 변하지 않고 봉사의 길을 걷겠다고 다짐하면서 약속해 본다. 이제 내 삶의 일부가 된 나눔. 어떻게 살아야 가치 있고 의미 있는 삶인지는 아직 모르겠지만 지금처럼 언제나 꿈을 꾸고 나누며 산다면 먼 훗날 돌이켜 보았을 때 후회 없을 것이라 기대할 뿐이다.

가장 높은 곳에서
가장 낮은 곳으로.

한결같이 곁을 지켜 주는 반려견
우리의 사랑이 필요합니다

사람에 의해 길들여졌는데 그 손길을 잃은 아이들, 앞으로 어디에 가서 살아야 할지 모르는 아이들에게 따뜻한 사랑을 주고 싶다. 유기견은 주인을 잃거나 버려진 개를 뜻한다. 한 해 10만 마리의 개가 버려지고 그중 2만 마리가 안락사를 당하는 상황이다. 난 그저 수치를 옮겨 적을 뿐 얼마나 심각한 문제인지 체감하진 못한다.

수원에서 차를 타고 한 시간가량 달려서 도착한 곳은 안성의 유기견 보호소다. 저 멀리서부터 개 짖는 소리와 그윽한 개 냄새가 풍겨 온다. 뭐가 그리도 반가운지 사람을 보면 꼬리를 살랑살랑 흔들며 이리 뛰고 저리 날뛴다. 잠시 아이들과 반가운 인사를 한 뒤 배설물을 정리하고 먼지를 닦고 빨래를 돌리며 청소한다.

잠시 후 갖가지 채소와 영양제를 섞어서 먹이면 이제 아이들이 가장 좋아하는 산책 시간이다. 녀석들은 집에서 나오면 이리 뛰고 저리 뛰며 나를 끌고 다닌다. 힘이 얼마나 좋은지 체격 좋은 20대 청년도 끌려 다닐 지경이다. 산책이 끝나면 씻기는 것으로 봉사를 마무리한다.

처음부터 개를 좋아한 건 아니었다. 어린 시절 마당에 개를 키웠는데 맞벌이하는 부모님을 대신해 학교에서 돌아오는 나를 반겨 주고 해가 저물 때까지 함께 놀아 주었다. 그 후 고등학교 때는 새끼 슈나우저를 입양한 적이 있다. 재롱을 피우며 온가족의 사랑을 받았지만 안타깝게도 5개월을 살지 못한 채 병으로 죽었다. 가족처럼 지내며 사랑한 아이가 갑자기 떠났다는 상실감과 허무함에 더 이상 개를 키우지 않게 되었지만 지금은 봉사 활동으로 그 사랑을 대신하고 있다.

바쁘게만 살다가 다시 동물을 가까이한 것은 승무원이 되어서였다. 성인이 된 이후로 사람들에게 치이고 상처받는 내 마음을 어루만져 줄 도피처가 필요했던 걸까, 자연스레 유기견 보호소를 찾았다.

조건이 붙는 사람 관계와 다르게 개들은 강하고 끈끈한 의리와 사랑을 주는 것 같았다. 비행을 하며 예기치 않은 일로 상처받은 내 마음을 유기견들과 함께 하며 달래기도 했다. 비록 말도 통하지 않고 오랜 시간 함께 하지도 못하지만, 언제라도 그 자리에서 나를 이해해 주는 것만 같았다. 나를 보면 한결같이 반가워하고 사랑해 주는 아이들이 너무 고마웠다. 내가 그들에게 봉사하는 것이 아니라 그들이 나를 행복하게 만들어 주는지도 모른다. 유기견은 입양을 통해 좋은 주인을 만나 행복하게 살기도 하지만 입양 후 여러 가지 이유 때문에 다시 돌아오기도 한다. 사람을 좋아하지만 상처로 인한 트라우마 때문에 더 이상 사람들과 함께 하지 못하는 유기견의 눈을 볼 때면 마음이 아려 온다.

많은 것을 알지 못하던 때가
더 좋았을 수도 있다

좀 더 알면 좋은 장면을 발견할 줄 알았는데 차라리 모를 때가 나은 것이다. 사람과 사람 사이도 그렇고 사회 현실도 그렇다. 사실 유기견 봉사를 하기 전까진 그 아이들의 현실이 이만큼 안타깝고 마음이 쓰일 줄 몰랐다. 봉사를 하다 보니 그 현실 안에 숨겨진 이야기와 사실들을 마주하게 된다. 강아지도 사람처럼 저마다 사연이 있다.

어디서부터 어떻게 잘못됐는지 꼬리를 물며 이어 올라가도 분명 문제점은 존재하는데 해결책은 오리무중이다. 이내 올렸던 고개를 내려 다시 현실을 마주한다. 그리고 생각한다. 내 자리에서 최선을 다하는 방법밖에는 없다고. 무엇이 그들을 버림받게 했는지, 어떻게 해결하고 무엇부터 시작하면 좋을지에 대해 답을 찾는다는 것은 결코 쉬운 일이 아니다. 이럴 때일수록 많은 사람이 함께 길을 찾아 주어야 한다. 길을 잃은 아이들에게 다가가 따뜻하게 안아 줄 수 있는 마음의 길도 함께 찾았으면 좋겠다. 사람에게 버림받고 상처받은 아이들이 그래도 사람의 손길과 사랑을 기다리고 있다.

'400마리 강아지의 가장 행복한 보금자리'를 언젠가는 완성하려고 한다. 그러나 봉사 활동을 하고 나면 왠지 부끄럽고 생각이 많아진다. 온 정성을 다해 사랑만 주고 왔어야 하는데 내 지친 몸과 마음을 그 아이들에게 위로받고 싶어 하지는 않았는지 의문이 들 때도 있고, 그들이 바라고 원하는 것을 온전히 알지 못하는 나의 섣부른 태도가 또 다른 상처를 남기진 않을까 하는 우려가 머릿속을 맴돌 때도 있다.

그래도 정말 다행인 것은 유기견에 대한 관심이 높아지면서 진심으로 아이들과 함께 하는 사람들이 늘어나고 있다는 사실이다. 비가 오는

낭만비행

날도 눈이 내리는 날도 아이들에게 사랑을 전하기 위해 유기견 봉사를 하러 오는 사람이 늘고 있다. 그 사랑이 전달되어 상처받은 아이들이 조금이나마 위로받지 않을까 하는 희망을 가져 본다.

세상 수많은 말보다
더 깊은 이야기를 듣고 싶습니다

살면서 들을 수 있는 소리보다 더 많은 소리를 듣고 싶어 수화를 배웠다. 수화를 배우고 그 언어의 아름다움을 깨달은 뒤 더 많은 이야기와 청각 장애 아이들을 만나고 싶어 찾아간 곳이 서울 삼성소리샘복지관이다. 2013년부터 인연을 맺었는데, 청각장애인들에게 전문 교육의 기회와 함께 아무 눈치도 보지 않고 마음껏 뛰어놀 수 있는 공간을 제공해 주는 고마운 곳이다.

일주일에 한 번 아이들을 만나는 시간은 다른 봉사보다 더 신경 쓰게 된다. 모든 말은 천천히 그리고 또박또박 해야 한다. 보청기를 끼고 나의 이야기를 금세 알아듣는 아이들도 있지만, 몇몇 아이는 소리를 잘 못 듣고 구화(입 모양을 보고 알아듣는 언어)를 통해 상대방이 하는 말을 파악한다. 서로 눈을 마주 보며 대화하노라면 아이들이 쉽게 알아들을 수 있도록 나의 입 모양과 액션이 더욱 커진다.

내가 아이들의 이야기를 들을 때도 더욱 세심한 배려가 필요하다. 한 마디 한 마디에 귀 기울이며 아이들의 입 모양을 뚫어져라 쳐다보고 있노라면 그 밝고 귀여운 모습에 언제나 즐거워진다. 복지관에는 아이들이 마음껏 뛰어놀고 신나게 웃으며 생활할 수 있는 공간들이 마련돼 있다. 8세 이상이 되면 초등학교에 입학하기 때문에 내가 가르치는 5~7세 아이들은 학교 공부에 필요한 내용이나 생활에 필요한 것들을 배운다.

어느 날 수업을 끝내고 나오면서 보니 학교 앞 농구장에서 초등학교 고학년으로 보이는 아이들이 농구를 하고 있었다. 농구에 관심이 많은 터라 벤치에 앉아 조용히 지켜보았다. 혹여 방해될까 싶어 모서리 쪽에 자리 잡았는데, 그들만이 알아들을 수 있는 의성어로 농구 사인을 주고받으며 경기에 빠져 있었다. 평상시 못 보던 사람인 내가 지켜보는 걸 조금 의식하나 했는데, 비장애인이 들으면 한번쯤 쳐다보고 귀를 의심할 소리들이 자유롭게 평범한 언어로 오갔다. 매우 행복해 보였다. 그곳이 일반 체육관이나 농구장이었다면 그 아이들이 이토록 자유롭게 자기들만의 시간을 보낼 수 있었을까 하는 생각이 들었다. 학교 울타리 밖의 아이들이 조금은 자유롭지 못한 것 같아 안타깝기도 했다.

아이들과의 마지막 수업을 끝낸 날

2015년 3월 17일. 아이들과 매주 만나 오던 중에 갑작스레 항공사에 합격했다. 마지막 수업을 하게 되었으나, 이날은 내 생일이었다. 수업이 끝날 때쯤 어떻게 알았는지 복지사 선생님이 작은 빵을 쌓아 만든

케이크를 준비해 주었다. 오늘은 찬영 선생님의 생일이라고 말했지만 아이들은 그건 별로 중요하지 않은 듯 맛있게 생긴 빵에 환호했다. 그리고 선생님과 함께 생일 축하 노래를 불러 주었다. 서툴게 노래하거나 계속 빵만 쳐다보는 모습이 하나같이 너무 예뻤다. 그토록 아름다운 생일이 언제 있었나 싶을 정도로 고마웠다. 내 삶에서 잊어지지 않을 최고의 생일이다.

장애인들에게 가장 필요한 것은 사람들의 바른 인식이다. 장애인을 보면 도움을 주고 싶은 마음이 크겠지만 정말 중요한 것은 비장애인과 다르지 않다고 생각하여 함께 있어도 어색하지 않도록 편하게 대하는 것이다. 장애인은 특별하다는 생각은 비장애인들이 정해 놓은 틀일 뿐이다. 편견을 버리고 마음을 열어서 청각장애인들이 말하는 소리를 자연스럽게 들을 수 있는 세상이 되었으면 한다.

다음은 내가 수화를 배울 때 들은 이야기다.

"한 산부인과에서 청각장애인 산모가 아이를 낳았습니다. 의사가 많이 고통스러우니 그 고통을 덜기 위해 소리를 질러도 괜찮다고 누누이 말했고, 매우 고통스러운 상황에서도 꾹 참는 산모에게 소리를 내면 고통이 줄어들 수 있으니 소리를 내야 한다고 권했습니다. 하지만 그 산모는 끝까지 이를 악물며 소리를 내지 않았다고 합니다. 나중에야 그 연유를 알았는데 산모는 자기의 소리가 좋지 않다는 것을 알기에, 조금은 듣기 좋지 않은 동물 소리로 들려서 의사와 간호사들이 놀랄까 봐 소리를 내지 않았다는 것입니다."

자유롭게 말하고 듣다가 어느 날부터 말할 수도 없고 들을 수도 없는 평생을 맞이하는 사람, 보고 싶은 것과 보고 싶지 않은 모든 일상을 눈에 담다가 어느 순간 앞을 보지 못하는 사람. 그들이 더욱 살기 좋은 세상이 되었으면 좋겠다. 더 열심히 노력하면서 하루하루를 이겨 내고 '가슴으로 인생을 살아내는' 사람들. 우리는 그저 볼 수 있고 말할 수 있으며 온전하게 걸을 수도 생각할 수도 있는 삶 자체에 감사하며 살아야 한다. 그리고 주변의 소외된 사람들에게 더 큰 관심을 가져야 할 때다. 우리가 더불어 살아가는 매일에 감사하며, 내가 받은 삶에 감사하는 마음을 잃지 말았으면 좋겠다.

당신이 무의미하게 지낸 오늘이
그 누군가에게는 그토록 바라던 하루였을지도 모르니 말이다.

올겨울에도 계속되는
'대한민국 온도 1도 올리기' 프로젝트

추운 겨울날 아직도 연탄불을 때며 가파른 언덕길을 오르내리는 분들이 있다. 어린 시절 연탄의 아련한 기억을 가진 사람들에게는 가끔 꺼내 보고 싶은 소중한 추억이지만, 현실의 연탄 냄새와 추운 겨울은 그리 로맨틱하지 않다. 물가가 오르듯 연탄 값 또한 해마다 오르고 있으며, 수요가 감소하면서 연탄 공장도 상황이 좋은 편은 아니다.

서울 달동네 북정마을은 성북동 부자 동네가 훤히 보이는 곳에 자리한다. 이곳에서 매해 겨울마다 '대한민국 온도 1도 올리기' 캠페인을 진행하고 있다. 영하의 날씨임에도 나눔을 위해 소중한 시간을 내준 사람들이 모여 연탄 봉사를 준비한다. 가장 불안한 세대라고 말하는 20~30대 청년들. 어떻게 살아야 할지 많은 것을 생각하기에 세상이 정해 놓은 틀 안에서 해야 할 일이 너무나도 많지만 그 안에서 삶의 가치를 찾으며 남을 위해 사는 법을 조금씩 배워 가는 사람이 참 많다.

전국의 연탄 공장에 전화를 걸어 가격을 알아보며 한 장이라도 더 드리기 위해 조금이나마 저렴한 곳을 찾는다. 동사무소를 통해 연탄을 받을 어르신들의 집도 미리 방문한다. 연탄 놓을 장소와 봉사 중간에 쉴 수 있는 휴식 공간도 마련하고 장갑과 앞치마 등을 준비하면 어느덧 모든 준비가 끝나 간다. 그것은 준비일 뿐 봉사 당일 비나 눈이 오는 경우도 있고 어르신과 연락이 닿지 않아 연탄을 못 드릴 상황에 처하기도 한다. 그럴 때면 골목을 지나시는 어르신들에게 여쭤보는가 하면 이웃집에 부탁하여 어르신 댁의 연탄 보관 장소를 확인하고 작은 쪽지와 함께 연탄을 옮겨 놓기도 한다. 다행히 북정마을은 옆집에 누가 살고 어떻게 지내는지 잘 아는 것 같다.

작은 연탄을 드릴 뿐인데 박카스며 커피를 챙겨 주시는 어르신들. 몇 번이나 괜찮다고 말씀드려도 건네주시는 그 마음을 거절하지 못해 하루 종일 커피를 여러 잔 마신 적도 있다. 날씨가 추우니 들어가 계시라고 해도 연탄 옮기는 모습을 지켜보며 깊은 마음을 주시는 어르신들을 보면 더 드리지 못해 안타까워진다.

그저 연탄 걱정 하나라도 덜어 드렸으면…

2016년 12월 연탄 봉사의 날. 두 팀으로 나눠 연탄 봉사를 하는 중에 다른 팀에 있는 친구에게 전화가 왔다. 마지막 집인 할아버님 댁 연탄을 배달하기 위해 지도를 보고 집 근처에 갔는데 집도 보이지 않고 근처에 아무도 없다는 것이다. 즉시 동사무소 직원을 통해 전화를 드려 보니, 할아버님은 시장에 물건 팔러 나가면서 문을 열어 놓으셨단다. 연탄은 문

안쪽에 놔 달라고 하셨단다. 냉장고에 박카스가 있으니 꺼내 먹으라는 말씀도 함께.

나는 며칠 전 사전답사를 하여 집을 알기 때문에 위쪽 연탄 봉사를 잠시 멈추고 그쪽으로 내려갔다. 집 주위에 도착하니 친구 말고도 여러 사람이 집을 찾느라 헤매고 있었다. 나도 대문만 아는 상황이라 문을 열고 사람들과 함께 들어갔다. 반지하였는데 허리를 숙이지 않고는 들어갈 수 없는 작은 창고로 보이는 건물의 문 두 개가 눈에 띄었다. 한쪽 문을 여니 창고로 보이고 다른 한쪽 문을 여니 그때서야 낡은 TV와 옷장이 보였다. 옆에 있던 봉사팀 후배가 혼잣말처럼 중얼거렸다.

"오빠, 아까 이 문을 봤는데 당연히 창고인 줄 알았어요. 집이라고는 전혀 생각하지 못했는데… 정말 저기서 할아버님이 지내시는 거예요?"

전혀 생각지 못한 장면을 눈으로 확인한 그 후배는 그날 참 많은 생각을 했을 것이다. 부지런히 연탄을 쌓고 나서 라면을 넣어 드리려는데 신발장 바로 앞에 있는 냉장고가 눈에 들어왔다. 동사무소 직원이 전해준 할아버님 말씀이 떠올라 잠시 문을 여니 김치와 나물 반찬 두 가지가 보이고 그 옆으로 깨끗이 포장한 박카스 한 상자가 있었다. 일부러 사 놓으신 게 아니길 바라는 마음과 우리가 남기고 간 마음과 정성으로 올 한 해 따뜻하게 지내시길 바라는 간절한 마음만 남기고 그대로 문을 닫고 나왔다.

조금만 눈을 돌려보면 평상시 보이지 않던 소중한 것들을 볼 수 있다. 삶의 이면에 존재하는 현실과 아픔들. 이는 우리가 앞으로도 계속해서 함께 어루만지고 보듬어야 할 문제다.

2015년 겨울부터 시작된 연탄 나눔을 통해 6000여 장의 연탄을 나눴다. 라면 열 상자와 쌀, 옷가지도 함께. 사실 그 양과 수치는 중요한 것이 아니며, 그 연탄으로 어르신들의 형편이 좋아지거나 삶의 질이 나아질 거란 기대 또한 없다. 다만 매년 겨울 고단한 삶의 무게 앞에서 그저 연탄 걱정 하나 덜어 드리고 싶은 마음뿐이다.

조금 욕심 부려 그날 하루만큼은 행복한 날이 되었으면 하는 바람이다. 몸도 마음도.

평범함
어느 누군가는 그토록 바라는
것일 수도 있습니다

평범한 삶을 간절히 바라는 사람들. 부득이한 사정을 제외하면 한 달에 한 번 시간을 내서 꼭 봉사하는 곳이 있다. 수원에 위치한 '경동원'이다. 한국전쟁 이후 보금자리가 필요한 고아들을 위해 만든 곳으로 40년 넘게 운영해 오고 있다. 한 살부터 일곱 살까지 60여 명의 아이가 엄마라 부르는 사회복지사들의 보호 속에서 우애를 쌓으며 살아가는 곳이다. 예전에는 고아원이란 말을 썼는데 지금은 보육원이라고 부른다.

경동원 봉사 하루 전날 괌 비행이 있었다. 괌 비행은 영유아 손님과 어린이를 포함한 가족여행객이 많은 편인데 아이들이 20명 넘게 탑승할 때도 있다. 그저 즐겁게 비행을 마친 다음 날 여느 때와 같이 가벼운 마음으로 경동원을 찾았다.

낭만비행

그날은 날씨가 좋아 아이들과 함께 잔디밭에서 풍선놀이를 하기로 했다. 아무 생각 없이 풍선을 불고 릴레이 경주를 하려는데 문득 어제 비행기에서 아이들에게 풍선을 나눠 주던 장면이 떠올랐다. 나이도 비슷하고 천진난만한 웃음과 사랑스러운 모습도 같은데 사는 환경은 다르다는 생각이 들었다. 이 아이들도 평범한 가정에서 태어났다면 가족 여행을 다니며 많은 추억을 만들 텐데, 싶어 다른 날보다 더 많이 안아 주었다. 어떤 사람에게는 당연시되는 일과 환경이 다른 사람에게는 간절히 원하는 모습일 수도 있다고 생각하니 왠지 모를 슬픔이 밀려왔다.

복지사 한 분이 함께 거주하며 서너 명의 아이를 돌보는 터라 부단히 노력하며 사랑을 주시지만 아이들에게는 조금 부족할 수 있다. 게다가 봉사원이 매주 바뀌다 보니 만남보다는 헤어짐에 길들여진 건 아닐까 하는 생각이 들었다. 오전 9시부터 정오까지 신나게 놀다가 이제 삼촌 가야 될 시간이라고 하면 다음에 꼭 또 오라고 하며 자연스럽게 인사해 주는 아이들.

다음 달에 만나면 용케 이름과 얼굴을 기억해 불러 주며 또 만나서 반갑다는 말을 건네기도 한다. 짧은 시간이지만 마음과 정신을 집중하여 더 많이 눈을 맞추고 안아 주며 사랑과 정을 주기 위해 노력하지만, 아이들에게는 턱없이 부족하다는 것을 느끼며 많은 생각에 잠긴 채 경동원을 나올 때도 있다.

평범하다는 것, 가족과 함께 지낸다는 것은
그렇게 평범한 일이 아닐지도 모른다.

첫 해외 봉사 국가 인도에서
만난 아이들은 천사였습니다

40도가 넘는 무더운 날씨. 피부색과 생김새가 다른 아이들과 낯선 곳에서 낯선 마음으로 마주했다. 서로의 눈만 멀뚱멀뚱 바라보다 내가 먼저 말을 건넸다.

"Hi, nice to meet you!"

용기 내어 말하자 눈이 사슴만 한 아이가 씩씩하게 악수를 건넨다. 나이는 여섯 살, 이름은 고글이다. 그렇게 내 인도 이야기가 시작되었다. 신발도 신지 않은 채 세상에서 가장 해맑은 미소로 나를 바라보며 웃는 아이들의 눈을 보는 순간 묘한 기분이 들었다. 그리고 말로 표현할 수 없을 만큼 마음이 평화롭고 맑아졌다.

2013년 2월 현대자동차 청년봉사단으로 선정되어 꿈에도 그리던 해외 봉사를 가게 되었다. 봉사 현장은 나의 로망인 인도.

20명의 대학생이 한 팀을 이루어 매일 아침마다 버스를 타고 학교를 찾아갔다. 우리 팀이 배정받은 곳은 남부 첸나이의 작은 마을에 있는 학교였다. 세 살에서 일곱 살까지 60여 명의 아이들에게 영어, 노래와 율동을 가르치고 양치질과 세안 등 기본적인 위생 교육을 했다. 대형 지도를 펼쳐 놓고 한국과 인도를 비롯해 세계 여러 나라를 찾아보는 역사 공부도 빼놓지 않았다.

이곳에 머무는 동안 오래된 학교 벽면의 페인트칠도 다시 하고, 수돗가와 쓰레기장을 새로 만드는 거대 미션도 수행했다. 45도의 날씨에 수돗물을 호수와 연결하기 위해 30미터 넘게 땅을 파느라 남학생들은 참 봉사의 땀방울을 흘리기도 했다.

아이들은 처음 보는 외국인이 신기한지 담장에 숨어서 지켜보는가 하면, 좀 더 용기 있는 아이들은 우리에게 슬며시 다가와 손끝을 톡톡 치며 마음을 표현하기도 했다. 괜히 뛰어왔다가 우리가 쳐다보면 웃으며 도망가고, 3주 동안 매일 보는 우리를 날마다 신기해하는 아이들이 너무나도 순수하고 예뻤다.

고글은 여섯 살이지만 반장처럼 리더 역할을 하는 친구였다. 하루는 동요 수업 중 한 아이가 바지에 응가한 사건이 발생했는데 당황해하며 인도 선생님만 쳐다보는 우리를 뒤로하고, 고글이 그 아이를 수돗가로 데려가 씻기더니 학교에 있는 여벌의 옷을 입혀 주었다. 나이에 맞지 않게 대견하고 능숙한 모습을 보며 새삼 놀랐던 기억이 난다. 어른들이나 쓸 법한 긴 톱으로 나무를 자르는 모습을 발견하여 위험하다고, 내가 하겠다고 말했지만 씩 웃으며 괜찮다고 거절하는 의연함까지 엿볼 수 있었다.

나는 고글과 점점 가까워졌다. 고글은 단짝 친구 라메시와 함께 아침마다 버스에서 내리는 나를 보고 뛰어왔다. 어제는 무엇을 했냐는 질문을 시작으로 하면서 저녁은 무엇을 먹고, 형 휴대전화는 잘 있느냐며 휴대전화를 만지작거리기도 했다. 내가 반가워서 뛰어온 줄 알았는데 지금 생각해 보니 휴대전화도 한몫한 것 같다. 우리는 그렇게 하루하루 추억을 쌓아 갔다. 나는 아이들이 다가오면 조용히 귓속말을 했다.

"Come on, I have candies."

말이 끝남과 동시에 우리 셋은 조용히 학교 뒤로 갔다. 마치 누군가를 경호하듯 주변을 살피며 한 발 한 발 살며시 이동했다. 학교 뒤에 숨어 숙소에서 몰래 가져온 캔디와 초콜릿을 함께 먹으며 낄낄거리던 기억이 아직도 생생하다.

하루는 아이들이 높은 나무에서 뛰어내릴 수 있다며 2미터나 되는 나무에 그것도 맨발로 원숭이처럼 올라가 다람쥐처럼 뛰어내리고는 뭐가 그리 좋은지 바닥을 뒹굴며 웃었다. 그런 아이들에게 다가가 나도 모르게 발바닥을 만졌다. 맨발로 나무에 올라가 뛰어내리고, 신발도 안 신은 채 돌과 흙이 가득한 길을 뛰어다니면 아프지 않을까 걱정되고, 궁금하기도 했다. 단단하게 굳은살이 밴 고글의 발을 만지며 물었다.

"발 아프지 않아?"

"처음엔 아팠는데 계속 참으니까 이제는 하나도 아프지 않아."

그러더니 내 손을 만져 본다.

"딸라, 네 손은 참 부드럽다."

그러곤 신기한 듯 라메시와 낄낄대고 웃는데 그 모습이 너무 웃겨서 덩달아 낄낄댔다. 아이들과 보내는 시간이 정말이지 마냥 좋기만 했다.

인도에서의 내 이름은 '딸라'였다. 딸라는 첸나이어로 대장, 리더를

뜻한다고 하는데 해외 봉사 인도팀 대표를 맡은 내게 아이들이 붙여 준 이름이다. "딸라, 딸라." 하며 나를 따르는 아이들을 만나면서, 하루하루 날이 지날수록 해가 저물어 숙소로 돌아오는 버스에서도 아이들을 떠올리기 시작했다. 점점 깊어 가는 마음이 뜨겁게 느껴졌다.

봉사 일정이 절반쯤 지날 무렵 첸나이의 저녁노을을 감상하며 숙소로 돌아오는 길이었다. 유난히 아름다운 저녁 풍경과 함께 우리가 탄 버스 앞으로 소 떼가 천천히 걸어오는 상황이었다. 더 구체적으로 말하자면 그들이 가는 길을 우리 버스가 지나간 건지도 모르겠다. 소를 본 순간 소란스럽고 거칠게 운전하던 기사님이 차분히 버스를 멈춰 세운다. 그러고는 마지막 소가 지나갈 때까지 10분 넘게 기다린다. 마음이 급해서 온종일 클랙슨을 울리며 운전하던 분이 소를 본 순간 차분해지는 모습을 보며 우리 모두 남다른 기분이 들었다.

인도는 과연 어떤 나라일까? 새삼 많은 걸 생각한 날이었다. 아침에 만나 점심을 함께 하고 오후 늦게 숙소로 돌아가기 전까지 우리와 아이들은 보름이란 시간을 함께 하며 서로에게 깊어져 갔다.

어느덧 서로의 이야기를 나누고 이름을 부르며 아침에 만나면 반갑게 인사하고 저녁에 헤어질 때면 내일 또 만날 것을 기약하며 아쉬운 작별의 시간을 가졌다.

봉사 일정이 마지막으로 향하는 시간이 보이면서, 정든 아이들과 헤어지는 게 무서울 만큼 끝나 간다는 것에 대한 걱정이 커지고 있었다. 아이들의 순수함과 깊이 스며든 정이 내면 깊숙이 자리하고 있음을 알고 모든 팀원이 같은 마음을 드러냈다. 이 시간이 흐름을 멈춰서 아이들과 헤어지지 않았으면 하며 말이다.

한국으로 돌아오기 이틀 전 날 학교 뒤 우리 아지트에서 초콜릿을 먹으며 고글과 라메시에게 말했다. 이틀 후면 한국으로 돌아가지만 비행기를 타겠다는 꿈을 꼭 이뤄서 다시 너희를 만나러 올 거라고. 검은 피부의 아이들은 유난히도 하얀 이를 드러내고 "Promise, promise." 하면서 손가락을 걸어 약속하자고 했다. 나는 아이들이 평상시 내 티셔츠를 유독 마음에 들어 한 게 생각나서 내가 입은 티셔츠와 신발을 선물로 주고 싶다고 했다. 하지만 아이들은 서로 눈빛을 교환하며 잠시 망설이더니, "No."라고 거절했다. 순간 당황하여 아이들에게 물었다.

"왜? 너희 둘 다 좋아했잖아. 내 티셔츠를 선물로 주고 싶은데?"

하지만 고글과 라메시는 같은 대답을 했다.

"No, I'm Okay."

왜? 도대체 왜?

"내가 이 셔츠를 가지면 다른 아이들도 갖고 싶어 할 거야. 그래서 난 괜찮아."

그러곤 자리에서 일어나 학교로 돌아갔다. 예상치 못한 대답이었던 만큼 적잖이 당황스러웠다. 어른인 나보다 마음도 생각도 깊은 아이들. 그 장면이 왜 이리도 잊어지지 않는지 모르겠다.

삶의 가치를 어디에 두어야 할까?

시간이 흘러 마지막 날이 되었다. 팀원들과 함께 작별 인사를 하러 가야 하는 시간이 다가왔다. 처음부터 우리는 작별을 알았고 시작이 있으면 끝이 있음을, 만남이 있으면 헤어짐이 있음을 알았기에 그 마지막 시간들을 덤덤히 받아들여도 괜찮았을 것이다.

하지만 나는 그때까지 아이들에게 그토록 정이 들었는지 미처 알지 못했다. 학교 가는 그 길이 왜 그리도 짧게만 느껴졌을까. 그제야 마음이 아려 오기 시작했다. 나뿐 아니라 우리 팀원들 그리고 멘토 역할을 해 준 직원분을 포함해 모두의 마음이 그랬다.

우리의 마지막 길을 배웅하고자 아이들이 준비한 공연에 이어서 현지 학교 교장선생님의 말씀을 끝으로, 진짜 작별 인사를 해야 하는 시간이었다. 한 줄로 서 있는 예순 명의 아이들에게 한 사람씩 지나가며 인사하는데 첫 아이를 보기도 전에 눈물이 쏟아져 내리기 시작했다. 중간쯤 서 있는 고글과 라메시 앞에 섰을 때는 이미 눈물로 범벅이 된 상태였다. 울지 말라고 덩달아 나를 안아 주고 내 눈물을 닦아 주는 아이들을 꽉 안아 주었다. 정말 고마웠다고, 내가 너희 덕분에 그리고 인도 덕분에 많은 걸 깨닫고 사랑받고 간다는 마지막 인사를 마치고 그 아이들을 지나갔다. 그렇게 인사를 마치고 버스에 올랐는데 아이들이 창으로 다가와 전화번호와 이메일을 가르쳐 달라고 외쳤다.

"딸라, 딸라, Phone number, phone number. I will call you."

그 흔한 전화조차 없어 연락이 닿지 못할 거라는 사실을 알지만 나는 연락처를 고이 적어 창밖으로 전해 주었다. 정말 고마웠다는 말과 함께. 마침내 버스가 출발하고, 계속 딸라를 외치며 따라오는 아이들에게 창밖으로 손인사를 했다. 그 모습이 점점 작아지다 버스가 길모퉁이를 돌아 더 이상 아이들이 보이지 않을 때까지 창밖을 보고 또 보았다.

2014년 2월, 15일간의 봉사 일정이 모두 끝났다. 누군가의 말처럼 지금까지 살면서 웃은 것보다 더 크게 웃고, 지금까지 경험한 가슴 떨림보다 훨씬 큰 전율을 느낀 시간이었다. 그동안 '클라이맥스'라 여긴 순간은 결코 클라이맥스가 아닌 가벼운 전조일 뿐 놓치기 아까운 장면, 생의 마지막 순간에 기억될 아름다운 일이 무수한 날들이었다.

초중고 12년의 교육이 학습 방법을 제시해 주었다면 인도에서 보낸

3주는 삶의 가치를 어디에 두고 살아가야 하는지 가르쳐 준 시간이었다. 나의 손이 부드러워 "Soft, soft." 하며 해맑게 말하던 아이들의 굳은살 가득한 발을 만질 때면 지금까지 내가 경험한 아픔과 상처들 또한 작은 전조였을지도 모른다는 생각이 들었다.

작은 아픔과 역경을 참고 견디면 고글의 발처럼 단단한 굳은살이 생겨 더 높은 곳에서 뛰어내리고 더 빨리 뛸 수 있는 힘이 솟아날지도 모른다.

인도. 결코 잊지 못할 꿈만 같은 곳이자 시간이었다.

가장 높은 곳이
가장 낮은 곳과 만나게 해 주었습니다

냉장고에 먹을 것이 있고 몸에는 옷을 걸쳤으며 편히 잠잘 곳이 있다면, 당신은
전 세계 75퍼센트의 사람들보다 월등히 잘사는 것이다.
- 《꽃으로도 때리지 마라》 중에서

세계 곳곳에는 셀 수 없을 정도로 많은 빈민촌과 어려운 사람들이
존재한다. 그곳에 사는 수많은 아이들은 위생적인 생활이 어려운 데다가
규칙적인 식사는 어림도 없으며, 오로지 학교에 다닌다는 것만이 가장 큰
꿈이다. 매일 배고파하면서 또 하루를 보낸다.

아시아 3대 빈민촌으로 알려진 쓰레기 마을은 필리핀 '톤도',
캄보디아 '안롱삐마을' 그리고 몽골의 수도 울란바토르에서 북쪽으로

30분가량 차로 달려야 하는 '울란촐로트'다. 이곳 주민은 99퍼센트 이상이 빈민이다. 어른들은 꿈을 줍는 대신 쓰레기를 주워 생계를 유지하며, 아이들은 학교에 가는 대신 부모님과 함께 쓰레기장으로 나가 '쓰레기산'을 놀이터 삼는다. 그곳에서 나오는 온갖 물건을 장난감으로 가지고 논다.

처음으로 찾아간 필리핀 톤도는 하루라도 살인이나 범죄가 일어나지 않으면 이상한 마을이다. 치안이 좋지 않아 밤엔 마을 주민도 혼자선 밖을 나갈 수 없는 곳, 그 위험하고 힘들 곳을 왜 가고 싶어 했을까….

우연히 이지성 작가의 《가장 낮은 곳에 피는 꽃》을 읽고 톤도를 알게 되었다. 쓰레기 마을에 관한 다양한 책을 찾아 읽고 3일 동안 인터넷과 SNS를 검색했다. 톤도에 거주하거나 다녀온 분들께 연락하여 지역 정보도 구했다. 아무래도 치안이 좋지 않고 현지 사정을 모르는 관계로 도움 받을 수 있는 사람이 필요했다. 운이 좋게도 현지에 계시는 선교사님과 연락이 닿았고 취지를 전달하자 방문해도 좋다는 허락을 받았다. 4일째 되는 날 필리핀 톤도로 가는 비행기 티켓을 끊었다. 2015년 6월 25일부터 일주일 동안 내 인생에 다시 오지 않을 수도 있는 더 큰 가치를 위해 그곳으로 향했다.

톤도는 매우 습하고 더워서 아주 조금만 걸어도 땀이 나는 지역이다. 아이들에게 줄 옷가지, 음식과 함께 '쓰레기산'을 오르자니 온몸이 땀범벅이다. 곳곳에 쓰레기 더미와 함께 지은 집들 그리고 그 안에서 자라는 해맑은 아이들. 그들을 만나는 순간마다 내가 이곳에 있음에 감사한 마음이 싹트기 시작했다.

사람들이 위험하다고만 말한 필리핀은 생각보다 안전하고, 이곳 아이들은 생각보다 훨씬 더 아름다웠다.

낭만비행

2016년에는 캄보디아 안롱삐마을, 2017년에는 몽골 울란촐로트에서
보냈다. 캄보디아 안롱삐마을에 도착한 날. 집집마다 물이 나오지 않아
마을 한가운데 있는 우물에서 물을 길어 사용한다. 마을에 도착해 우물
청소를 하고 아이들 머리를 감겨 주기 위해 주변을 청소하지만 이미
오염된 우물에서는 깨끗하지 않은 물이 흘러나온다. 그래도 가져간
비누로 깨끗이 머리를 감기고 핀을 꽂아 주자 아이들은 거울을 보면서
좋아한다. 그 모습을 보니 내가 이곳에 온 이유를 다시 한번 말해 주는
것만 같았다.

　마지막으로 다녀온 몽골은 내가 본 쓰레기 마을 중에서 가장 규모가
컸다. 한눈으로 담을 수 없는 정도였는데, 너무나 많은 사람이 이곳에서
일상을 살아내고 있다는 현실을 눈으로 확인하는 순간 안타까움도
커져만 갔다.

　쓰레기 마을로 향할 때마다 지인들이 똑같은 질문을 한다. 왜 그런
곳에 가려는 거냐고, 당신 한 사람이 간다 한들 그곳의 어떤 문제가
변하겠느냐고. 사실 틀린 말이 아니라는 걸 나 역시 잘 안다. 내 작은
행동이 과연 그곳 아이들에게 얼마나 도움이 될지 답할 수 없다. 지역
주민 모두가 배부르지도 않고 그들의 가난이 없어지지도 않으리라는
것도, 내가 그곳을 변화시킬 수 없다는 것도 너무나 잘 안다.

　다만 몇 번이고 '그냥 가야만 할 것 같은' 생각이 들고 내가 그곳에
있을 때 가슴이 뜨겁게 뛰는 것을 느낀다. 그리고 같은 상황에 처한
곳들을 더 많이 자주 찾아가고 싶다.

　내 작은 한 걸음 한 걸음이 작은 희망이 되어 한 아이를 변화시키고,
그 아이가 달라져서 한 가정이 달라진다면 그 마을이 좀 더 밝은 마을이

되지 않을까 기대하곤 한다. 그 아이들을 더 배불리 먹이고 꿈을 꾸게 하고 넓은 세상을 보여 주고 싶은 마음도 간절하다. 더 깨끗한 환경을 만들어서 질병에 걸리지 않고 오래오래 건강하게 살도록 해 주고 싶다. 쓰레기 더미에서 노는 대신 책상에 앉아 흰 도화지에 꿈을 그리게 하고 싶다. 그저 아이들이 받아야 할 마땅한 삶을 안겨 주고 싶다는 바람뿐이다.

높은 하늘을 날며 세상의 낮은 곳들을 내려다보고 싶어 승무원을 꿈꾸었다. 5년 전 인도 해외 봉사를 시작으로 티 없이 맑은 아이들에게 희망을 주겠다고 다짐한 이후, 신발도 신지 않고 머리를 감기 위해 줄지어 선 아이들을 보는 순간도 그랬고, 봉사 활동 현장에 내가 있다는 사실이 더없이 감사할 뿐이다. 순수하고 맑은 아이들과 시간을 보내고 나면 내가 그동안 한국에서 느껴 온 걱정과 고민거리는 사치로 느껴질 때가 많다. 내가 받아야 할 사랑보다 더 많은 사랑을 아이들에게 받으면 그 사랑을 또 어떻게 돌려줘야 할지, 어떻게 하면 잘 줄 수 있는지 곰곰이 생각한다. 내 역량과 재능 안에서 천천히 오래오래 그 사랑을 돌려주고 싶다.

해외 봉사는 짧고도 짧은 시간이었지만 하루를 일주일처럼, 아니 그 이상의 시간만큼 보람 있게 보내면서 또 다른 무엇인가를 꿈꾸게 해 준다. 더 많은 아픔이 있는 곳으로 찾아가고 싶다. 더 낮은 곳에서 더 많은 아이들과 함께 성장해 나가고 싶다. 평생 비행을 하며 더 낮은 곳으로 향하고 싶다.

진정한 성공이란 이런 것이 아닐까 싶다.

자주 그리고 많이 웃는 것
현명한 이에게 존경받고
아이들에게 사랑받는 것
정직한 비평가의 찬사를 듣고
친구의 배반을 참아 내는 것
아름다움을 찾아낼 줄 알며
다른 사람에게서 최선을 발견하는 것
건강한 아이를 낳든 한 뙈기의 정원을 가꾸든
사회 환경을 개선하든 자기가 태어나기 전보다
세상을 조금이라도 살기 좋은 곳으로
만들어 놓고 떠나는 것
자신이 한때 이곳에 살아서
단 한 사람의 인생이라도 행복해지는 것
이것이 진정한 성공이다
－에머슨

Epilogue

처음 승무원이 되어 올린 글이 〈엄마, 저 항공사 취업했어요〉입니다. 간절했던 합격의 기쁨과 벅찬 마음을 담아 작성한 글이 여러 사람들에게 닿았고 페이스북 '좋아요'도 3만을 넘으면서 분에 넘치는 관심을 받았습니다. 저와 비슷한 환경에 처했거나 고난을 겪고 있는, 혹은 겪었던 많은 분이 그리고 승무원을 꿈꾸는 학생분들이 댓글과 응원의 메시지를 보내 주었고, 조금이나마 위로를 받았다는 말씀을 남겨 주셨습니다. 새로운 희망이 생겼다는 말씀도 함께요.

아마도 그때쯤인 것 같습니다. 글이 주는 소통의 영향력을 느끼면서 '나도 책을 쓰고 싶다'라는 생각을 하기 시작했습니다. 3년 동안 비행하며 경험한 일들을 오래도록 기억하고 깊이 간직하기 위해 남겨 둔 작은 메모들이 어느새 책이라는 결과물이 되어 갑니다.

출판사 계약이 시작된 2017년 10월 가을부터 쉬는 날이면 하루에 열 시간씩 카페에 앉아 글을 쓰고 지우기를 반복했으며 비행 가는 해외 체류지 호텔에서도 종일 글을 쓰곤 했습니다. 비행이 끝난 뒤에도 집으로 돌아오면 글을 수정했고 출퇴근길마다 원고를 읽고 또 읽었습니다. 글을 쓰는 동안 만나고 싶은, 혹은 그리운 사람도 많았지만 책을 내고자 하는 일념으로 모든 감정을 가슴 깊숙한 곳에 고이 간직하며, 최소한 이 책을 읽는 사람들에게 부끄럽지 않기 위해 노력했습니다. 하지만 좋은 글을 쓴다는 것이 마음처럼 쉽지 않았던 것이 사실입니다.

글에 대한 전문 지식과 기술을 갖추지 못한 채 그저 마음 혹은 감성에서 나오는 글을 쓰다 보니, 다양한 감정과 이해를 아우르기엔 턱없이 부족할 수도 있습니다. 저조차도 어느덧 마무리되어 가는 글들을 보며 이 문장은 이렇게 바꾸면 좋겠고 이 단어보다는 더 좋은 단어가 있지 않을까 고민하면서 원고 수정을 수없이 반복했으니까요.

다만 최선을 다해 썼습니다. 그렇다고 해서 누군가에게 최선을 다해 읽혔으면 하는 바람은 없습니다. 그저 누구나 소소하게 읽을 수 있기를 바랄 뿐입니다.

삶을 글로 표현하고 과거를 돌아봄으로써 내가 어떻게 살았고, 어떤 사람인지 다시 한번 되새겼고, 그로 인한 반성과 후회도 많지만, 그래도 여기까지 와 준 저 자신에게 고맙다는 말을 하고 싶었습니다.

저 자신이 앞으로도 기대되고 삶이 궁금해지는 것이 사실입니다. 제가 대학에 가고 그토록 바라던 승무원이 될 줄 꿈에도 생각지 못했고 항공사에 입사해서 하루가 멀다 하고 비행하는 걸 즐기고 책을 출판하게 되는 사실을 몰랐던 것처럼, 방향은 세워 놓았지만 아직 제가 정확히 가고자 하는 목적지를 정해 두지 않은 탓에 그 어디든 갈 수 있을 것 같고 끝내 바라는 바를 성취할 것만 같습니다.

마찬가지로 이 책을 읽는 여러분도 자신의 한계를 미리 정해 놓지 않았으면 좋겠습니다. 그 무엇에도 얽매이지 않은 채 꿈을 꾸고 이상을 동경하며 낭만적인 삶의 이야기를 함께 그려 갔으면 좋겠습니다.

마지막 글은 이렇게 줄이고자 합니다.
'오늘 하루도 최선을 다해 행복하세요.'

끝으로 불편한 몸으로 지금 이 순간에도 일하시며, 비행하는 아들을 위해 밤낮으로 챙겨 주시는 어머니께 꼭 하고 싶은 이야기가 있습니다. 워낙 표현하는 데에 서툴고 많은 도움을 드리지 못해 한없이 부족한 아들인 것 같습니다.

지금까지 단 한 번도 못 한 말이며 앞으로도 못 하겠지만 당신의 아들로 태어나게 해 주셔서 감사하다는 말씀을 드리고 싶었습니다.

정말 많이 사랑합니다.
앞으로 오래오래 행복하게 살아요, 우리.

낭만비행

초판 1쇄 발행	2018년 6월 30일
초판 3쇄 발행	2021년 12월 22일
지은이	정찬영
펴낸곳	책책
펴낸이	선유정
편집인	김윤선
디자인	일상의실천
교정교열	노경수
출판등록	2018년 6월 20일 제2018-000060호
주소	(03088)서울시 종로구 이화장1길 19-6
전화	010-2052-5619
인스타그램	@chaegchaeg
페이스북	/chaeg17
전자주소	chaegchaeg@naver.com